EINE KLEINE LANDESBIBLIOTHEK

Herausgegeben von

Hermann Bausinger, Friedemann Schmoll,
Monique Cantré und Werner Witt

Band 12

Jörg Wickram

Das Rollwagenbüchlein

Eingeleitet und herausgegeben von
Werner Witt

unter Mitarbeit von
Andreas Vogt

Klöpfer & Meyer

Der Text folgt Band 3 der von Johannes Bolte herausgegebenen Werkausgabe »Georg Wickrams Werke« (Tübingen 1903). Er wurde behutsam der heutigen Rechtschreibung angepasst, ohne dabei die sprachlichen, insbesondere mundartlichen Eigenheiten zu tilgen. Nicht mehr gebräuchliche Begriffe werden im Anhang erklärt.

ISBN 978-3-940086-61-7

Redaktion: Andreas Vogt, Tübingen.
Umschlaggestaltung:
Christiane Hemmerich Konzeption und Gestaltung, Tübingen.
Herstellung, Gestaltung und Satz: niemeyers satz, Tübingen.
Druck und Einband: Pustet, Regensburg.

Mehr über das Verlagsprogramm von Klöpfer & Meyer
finden Sie unter *www.kloepfer-meyer.de*

Inhalt

Meistersinger zwischen den Welten

Eine Einleitung

Jörg Wickram (um 1505–vor 1562) war von 1555 an Stadtschreiber in Burkheim am Kaiserstuhl. Wer heute den steilen Berg inmitten der Rheinebene zwischen Kaiserstuhl und Breisach hinaufspaziert, auf dem die mittelalterliche Stadt liegt, der kann nicht glauben, dass hier in dieser Kleinstadt, die in ihrer über 1000-jährigen Geschichte niemals mehr als eintausend Einwohner hatte, ein Meistersinger gelebt haben soll, den Literaturwissenschaftler als »Erfinder« des deutschsprachigen Romans loben, der mit seinem »Rollwagenbüchlein« die erste unterhaltsame und belehrende Reiselektüre in Form von kurzen Geschichten schrieb, der noch dazu im Handwerk sowie in der Malerei große Kunstfertigkeiten bewies. Das Original seines »Rollwagenbüchleins« hat er selbst illustriert. Ihn den kleinen »Hans Sachs vom Oberrhein« zu nennen, ist durchaus angemessen. Er war, bevor er das angesehene Amt des Stadtschreibers in Burkheim antrat, bereits weit über seine Heimat hinaus populär. Sein »Rollwagenbüchlein« war ein Bestseller. Das Original erreichte bis Anfang des 17. Jahrhunderts sechzehn Auflagen. Danach hat es über die Jahrhunderte immer wieder Neuveröffentlichungen gegeben. Ende des 19. und Anfang des 20. Jahrhunderts wurde das Schriftbild moderneren Schreibweisen leicht angepasst, alte alemannische Begriffe und Redensarten wurden erläutert, was ebenfalls für unsere Neuausgabe gilt.

Dem Leser verlangt das zunächst etwas Geduld ab. Doch nach wenigen Zeilen wirkt Wickrams alemannisch gefärbtes Deutsch des 16. Jahrhunderts bereits vertraut. In beiden deutschen Staaten fand das Buch Leser. Der Literaturbetrieb in der ehemaligen DDR gab im Insel-Verlag ein schön illustriertes Bändchen heraus. In der BRD war es schmucklos als gelbes Reclambändchen noch vor ein paar Jahren für nur sechs Mark für jedermann erschwinglich im Buchhandel zu bekommen.

Neben dem »Rollwagenbüchlein« hat es nur noch ein weiteres Buch aus dem großen Gesamtwerk Jörg Wickrams geschafft, bis in die Gegenwart hinein immer mal wieder neu aufgelegt zu werden. Die märchenhafte Erzählung »Der Goldfaden – Eine schöne alte Geschichte« wurde von Clemens Brentano vollständig ins Hochdeutsche übersetzt und erschien zuletzt in unveränderter Fassung im Heidelberger Verlag Lambert Schneider. Es ist sehr lesenswert, aber leider nur noch antiquarisch zu bekommen.

Jörg Wickram hatte ungewöhnlich viele Talente und übte nacheinander verschiedene Berufe aus. Weil er ein uneheliches Kind war, blieb ihm das Bürgerrecht in seiner Heimatstadt Colmar zunächst versagt. Er konnte nicht wie sein Vater Conrad Wickram, der Ratsvorsitzender in der Freien Reichsstadt war, das Leben eines Patriziers führen. Auf die Lateinschule durfte er nicht gehen, zu den akademisch gebildeten Humanisten seiner Zeit in Straßburg, Freiburg und Basel hatte er keinen direkten Kontakt. Er wird sich an den Debatten seiner Zeit orientiert haben, ohne an den grundlegenden Glaubensfragen und philosophischen Debatten teilgenommen zu haben. Was er konnte und was ihn beliebt und sogar berühmt machte, das hatte er sich selbst beigebracht. Er war weitgehend Autodidakt. Dennoch besaß er eine umfangreiche theoretische Bildung, die er mit praktischer Kunstfertigkeit im Bereich der Malerei, Musik und Literatur verband. Nacheinander übte er verschiedene Berufe aus: Goldschmied, Maler, Grafiker, Buchhändler und Gerichtsdiener. Das Bürgerrecht in Colmar erhielt Jörg Wickram erst 1546 nach dem Tod seines Vaters. In dessen Testament steht, dass Jörg »einhundert gulden zusampt dem huß in der kässgassen« erbt. Trotzdem blieben Jörg Wickram höhere Ämter in Colmar weiterhin versagt. Mangelnde Latein- und Jurakenntnisse und vor allem der Makel, aus einer Beziehung zu stammen, die den katholischen Segen nicht hatte, mögen die Gründe hierfür gewesen sein. 1555 wechselte er vom aufstrebenden Colmar auf die andere Rheinseite und wurde Stadtschreiber im kleinen und beschaulichen Burkheim am Kaiserstuhl. Für Jörg Wickram war es ein gesellschaftlicher Aufstieg. Ob für den Wechsel auch religiöse Gründe eine Rolle gespielt haben mögen, darüber kann nur spekuliert werden. Einen Beweis dafür, dass Jörg Wickram sich zur Lehre Luthers bekannt hätte, gibt es nicht. Auch in seinen Schriften verrät er uns seinen Glauben nicht. Katholische und protestantische Geistliche bekommen in Dramen und Schwänken gleichermaßen »ihr Fett weg«. Die Biographie dieses frühen Bildungsbürgers werden wir wohl niemals schreiben können. Originalhandschriften fehlen, von ihm gibt es keine Abbildungen, Hinweise auf seine Mutter lassen sich nirgends finden, wo auf dem Friedhof in Burkheim sein Grab liegt, ist nicht bekannt, einen Grabstein gibt es nicht. Die Neuauflage seines Buchs »Tobias« 1562 erwähnt den Autor als verstorben. Der Hinweis darauf, dass er einen Bruder hatte und verheiratet war, hilft ebenfalls nicht viel weiter. Von seiner Ehefrau Anna ist nicht mehr als der Vorname überliefert.

So spärlich die historisch gesicherten Belege auch sein mögen, sie verraten doch etwas über seine literarischen Motive, die das Gesamtwerk durchziehen, das in einer wissenschaftlichen, leider unerschwinglichen Gesamtausgabe, herausgegeben von Hans-Gert Roloff, vorliegt. In immer neuen Varianten erfindet Wickram Figuren, die ihren sozialen Abstieg erleiden, das Schicksal durch Einsicht und Charakterstärke noch einmal wenden können oder die sich aufgrund besonderer Eigenschaften und Tugendhaftigkeit von unten nach oben arbeiten. Dabei verwendet er zahlreiche Stoffe und Erzählvorlagen aus der europäischen Literatur, der Antike und der Bibel, darunter das bekannte Gleichnis vom »verlorenen Sohn«, das ihm persönlich sehr nahe gegangen sein muss.

In seiner späten Erzählung »Der jungen Knaben Spiegel« von 1554 erleben wir, wie ein adoptierter Bauernsohn aufsteigt bis in höchste Staatsämter, während gleichzeitig der eheliche Sohn der Ritterfamilie durch Lasterhaftigkeit zum Schweinehirten verkommt und erst durch äußerste Not auf den Pfad der Tugend zurückkehrt. Wickram geht es lange vor der Französischen Revolution um Gleichheit und Brüderlichkeit. Den Freiheitsgedanken wird er in der lutherischen Variante kennen gelernt haben. Dennoch war er kein Sozialrevolutionär. Politisch hat er sich während seiner überaus produktiven künstlerischen Schaffenszeit in Colmar vielmehr in die Pflicht nehmen lassen. In der Zeit zwischen Reformation und Dreißigjährigem Krieg schieden sich in den boomenden Städten die Geister. Die traditionelle Ständeordnung geriet durcheinander. Handwerker und Bürger griffen das Selbstverständnis der oberen Schichten an. 1531 tritt Wickram erstmals im Auftrag der Stadt Colmar als Theaterregisseur öffentlich in Erscheinung. Er verfasste Dramen, Singspiele und Fastnachtspossen. Menschliches, leider Allzumenschliches bringt er auf die Bühne: Säufer, Faulenzer, Habgierige, Spieler, lüsterne Pfarrer, Dummköpfe und Tölpel aller Art. Das Publikum soll erkennen, dass es so nicht geht. Wickram will unterhalten und belehren. Die Moral ergibt sich wie von selbst aus derb gezeichneten Charakteren und Geschichten. Ein Tugendapostel mit erhobenem Zeigefinger war Wickram aber nicht.

Die Theaterszenen auf öffentlichen Plätzen können wir uns gar nicht bunt genug vorstellen. Dutzende von Darstellern traten auf, die an Feiertagen und zur Fastnacht Massen anlockten. Die Obrigkeit wird seine Aufführungen als Beitrag zum inneren Frieden geschätzt haben und hat ihn deshalb zum Kulturimpresario befördert.

In dem Stück »Das Narrengießen« liest der Hurenbock dem Säufer die Leviten:

»Was sagst du wüster voller Kübel?
Du redst dem guten Freund gar übel,
Drumb ist er schönen Frauen hold.
Wann man dein Narrheit sagen sollt,
so bist ein größrer Narr als er.
Von Wein so wirst du nimmer leer,
Du füllst und saufst stets wie ein Kuh,
Bist du nit voll, so hast kein Ruh ...«

In dieselbe Schaffenszeit fällt eine seiner weiteren kulturellen Großtaten. Die 100 Gulden aus seiner Erbschaft ermöglichten Wickram den Erwerb einer Handschrift in Schlettstadt, die heute als »Colmarer Liederhandschrift« in der Staatsbibliothek in München aufbewahrt wird und die wohl die bedeutendste Sammlung von Meisterliedern des 16. Jahrhunderts ist. Wickram half das alles nichts. Höhere öffentliche Ämter blieben ihm trotz Aufnahme in die Zunft der Maler, trotz erreichter Vollbürgerschaft und trotz seines Ruhms versperrt. So wandte er sich von seiner Heimatstadt Colmar ab. Doch die Idee für sein »Rollwagenbüchlein« brachte er von dort mit nach Burkheim.

Im Vorwort des »Rollwagenbüchleins« klärt uns Wickram über seine Absichten auf. Seinem Freund, »dem ehrsamen, vornehmen und achtbaren Martin Neu, Bürger und Wirt zu der Blumen zu Colmar, meinem besonders günstigen Herren und guten Freund«, widmete er die Sammlung guter Schwänke aus Dankbarkeit. Der Wirt organisierte Kutschfahrten, also Fahrten im Rollwagen, zur Messe nach Straßburg. Damit sich die Gäste auf der langen Reise die Zeit vertreiben konnten, erfand Wickram unterhaltsame Kurzgeschichten. Belehrungen und die derbe Sprache seiner Theaterstücke treten hinter seine Intention zurück, Kurzweil zu bieten. Seine Schwänke oder Anekdoten sind jedoch keine läppische Unterhaltung, wie wir sie aus Castingshows im Privatfernsehen kennen, wo oft in verletzender Weise Menschen mit ihren Schwächen und Ungeschicklichkeiten zur Belustigung anderer vorgeführt werden. Der Dichter Novalis kennzeichnete die Anekdote dadurch, dass eine menschliche Eigenschaft auf merkwürdige, auffallende Art gezeigt werde und zwar so, dass Effekte hervorgebracht werden, die »unsere Einbildungskraft angenehm beschäftigen« sollen. Rund zweihundert Jahre war Wickram in Vergessenheit geraten. Erst die Romantiker um Brentano und Novalis entdeckten ihn neu. Sie schätzten ihn als literarischen Kronzeugen einer Volksdichtung, die ohne ihre Sammelleidenschaft für die moderne Welt beinahe verloren gegangen wäre. Analog zur Märchensammlung der Brüder Grimm und der Volksliedersammlung »Des Knaben Wunderhorn«, dachten Clemens Brentano und Ludwig Achim von Arnim daran, beginnend mit der Herausgabe des »Goldfadens« eine umfassende Sammlung »deutscher Volksromane nach den ältesten Ausgaben zusammenzubringen«. »Der Goldfaden« blieb jedoch das erste und einzige Buch, das in diesem Sinn im Heidelberger Verlag Mohr und Zimmer herauskommen sollte. Die Romantiker schätzten besonders diese Erzählung, weil sie von ritterlichen Tugenden handelt. Märchen und Abenteuer werden ineinander verwoben.

Bei der Geburt des Helden taucht aus unerklärlichen Gründen ein Löwe auf. Der Knabe verlässt aus Stolz Eltern und den reichen Adoptivvater. Edle Gesinnung und schöne Gestalt öffnen ihm nach kurzer Wanderung die Tür zur Schlossküche, wo er Küchenjunge wird. Dann springen dank seines lieblichen Gesangs für ihn alle Schlosstüren auf, darunter die Kammertür der

Jungfrau. Der Autor lässt den Keuschheitsgürtel für ein weiteres Weilchen noch unberührt. Held Leufried hat sich, wie in anderen Erzählungen Jörg Wickrams, durch edle Taten seine Aufnahme in den Stand der adligen Ehe zu verdienen. Tapfer schlägt er sich im Kampf für den spanischen König. So wird er zum Ritter geschlagen. Der Löwe schritt während dieser aufregenden Zeit, so erfahren wir im Nachhinein, einsam im eigens für ihn vom König angelegten Park hinter Gittern hin und her. Löwe und Leufried dürfen heimkehren. Am Schluss feiern sie das Hochzeitsfest, bei dem selbstverständlich die verlorenen Eltern nicht fehlen dürfen.

Jörg Wickram angemessen zu würdigen fällt nach 500 Jahren schwer. Daran hat auch der Kongress wenig geändert, der an der Freien Universität Berlin 2005 ihm zu Ehren von zahlreichen Germanisten veranstaltet wurde. Die Ergebnisse sind in dem Sammelband mit dem vielsagenden Titel »Vergessene Texte – Verstellte Blicke«, herausgegeben von Maria E. Müller und Michael Mecklenburg, nachzulesen. Der Zeitgeist hat sich in den vergangenen 200 Jahren aus seinem Gesamtwerk das herausgepickt, was ihm gefiel. Wickrams Übersetzung der Metamorphosen des Ovid oder sein erfolgreichstes Buch, das »Losbuch«, hätten ebenfalls mehr Beachtung verdient. Irgendwie stand er zwischen allen Welten. Seine Erzählungen sind noch keine ausformulierten Romane, seinen Figuren mangelt es noch an Innenleben, der bürgerliche Roman wird über 200 Jahre nach seinem Tod beginnen, das Schicksal Einzelner vor großer gesellschaftlicher Kulisse zu schildern. Halb in der Welt des Ritterepos kam Wickram noch nicht ganz im Humanismus an, seinen Standpunkt in der Glaubensfrage hat er nicht formuliert, zwischen Unter- und Oberschicht musste er sich seinen Platz in der Gesellschaft hart erkämpfen. Hans Rupprich formuliert in Band 4 der »Geschichte der deutschen Literatur«: »Belehrenden, unterhaltenden und apologetischen Absichten verdanken die verschiedenen Selbstzeugnisse ihre Entstehung; in Ausbildung befindet sich die Lebensbeschreibung.« Doch davon hat Jörg Wickram einige im »Rollwagenbüchlein« zusammengestellt in der Hoffnung, der Leser möge nicht »getroffen« sein.

Werner Witt

Das Rollwagenbüchlein

Ein neus, / zuvor unerhörts Büchlein, /
darin viel guter Schwänk und Historien begriffen
werden, / so man in Schiffen und auf den Rollwägen, /
desgleichen in Scherhäusern und Badstuben /
zu langweiligen Zeiten erzählen mag, / die schweren
melancholischen Gemüter damit zu ermuntern, /
vor jedermann, Jungen und Alten, sonder allen Anstoß
zu lesen und zu hören. / Allen Kaufleuten,
so die Messen hin und wider brauchen / zu einer
Kurzweil an Tag bracht und zusammengelesen
durch Jörg Wickram / Stadtschreiber
zu Burkheim /
Anno 1555.

Dem ehrsamen, vornehmen und achtbaren Martin Neu, Bürger und Wirt zu der Blumen zu Colmar, meinem besonders günstigen Herren und guten Freund

Es haben sich die Alten vor langer Zeit eines gemeinen Sprichworts gebraucht, dass unter allen Lastern Undankbarkeit das größt ist. Dieweil ich nun bekennen muss, dass mir nit wenig Freundschaft von euch bewiesen, und ich aber aus Gebrechlichkeit meines groben Verstands solches nie verglichen, damit ich aber nit auch mit dem Laster der Undankbarkeit behaft werde, hab ich mich (so viel mir möglich gewesen) erzeigen wollen mit demjenigen, so meins Vermögens ist. »Denn Silber und Gold hab ich nit, aber was ich hab, das geb ich«; so sagt der heilig Petrus in Actis im 3. Kapitel.

Nicht dass ich dies mein schlechtes und unachtbares Büchlein oder mich dem lieben Petro oder seinem heiligen Wort vergleichen wolle; denn dies mein Büchlein allein von guter Kurzweil wegen an Tag geben [ist], niemands zu Unterweisung noch Lehr, auch gar niemands zu Schmach, Hohn oder Spott, wie ihr dann selbst wohl sehen und lesen werden.

Dieweil nun jedermann weiß, geistlich und weltlich, Fürsten und Herren, die dann täglich ihren Aufritt und Herberg bei euch haben, dass ihr mit guten Schwänken und kurzweiligen Possen zu jeder Zeit, und je demnach die Person ist, gefasst seid, habe ich euch zu Widergeltung eurer Guttat dies mein klein Werklein zu Gefallen an Tag geben. Sodann ist auch in eurem Gebrauch, alle Straßburger Mess einen eignen Rollwagen anzurichten; alsdann habt ihr euch zusamt guten Herren und Freunden mit diesem Büchlein zu ergötzen, dieweil ihr auf der Fahrt seid, welches auch vor jedermann ohn allen Anstoß mag gelesen werden.

Bitt euch hiemit, solch kleine Gab, dieweil sie mit gutem Herzen und Gemüt verehrt wird, nit zu verschmähen und zu einem glückseligen neuen Jahr zu empfangen, mich auch noch als zuvor für euren guten Freund und willigen Diener zu erkennen. Wünsch euch hiemit viel Glück und Heil, euch und eurer neuen Ehegemahlen und nach diesem zergänglichen Leben das ewig himmlisch Reich und Seligkeit. Amen.

Datum Burkheim auf Marie das neu Jahr, nach der Geburt unsers Seligmachers 1555. Jahr.

Euer allzeit dienstwilliger

Jörg Wickram, Stadtschreiber
zu Burkheim

Zum gütigen Leser

Es ist von alters her, freundlicher und gütiger Leser, ein Sprichwort unter vielen gewesen, wenn man etwa schampere und schändliche Wort geredet, hat man gesagt: »Stilla, Mutz, dies gehört auf den Rollwagen oder ins Schiff!«, welches meines Bedenkens nit sehr wohl gesprochen gewesen, dieweil sich zu viel Malen zuträgt, dass züchtige, ehrbare Weiber, ja auch Jungfrauen auf Wagen oder zu Schiff fahren, deren man gar wenig verschonen tut. Denn man findet solche ruchlose Leut, wenn sie beiweilen schon abgestäupt werden, sagen sie: »Hei, sie haben doch Schuh oder Stiefel an; sie verstehen's nit!«, fahren also mit ihren schändlichen groben Zoten fort, denken wenig an die Wort Christi Mathei 18: »Wer aber ärgert dieser Geringsten einen, so an mich glauben, dem wär besser, dass ihm ein Mühlstein an seinen Hals gehenkt wär und würd in die Tiefe des Meers versenkt.« Und weiter spricht er: »Es muss ja Ärgernis kommen; aber Wehe dem Menschen, durch welchen Ärgernis kommt.«

Nun ist je solches ein sondere große Ärgernis, wo man vor züchtigen Personen solche unnütze Wort übet. Dieweil man aber an solchen Orten sich dennoch auch mit kurzweiligem Gespräch ergötzen muss, hab ich euer aller Gunst und Liebe allhie ein kurzweiligs Büchlein vor Augen gestellt, in welchem ihr nit wenig kurzweilig und schimpfliche Schwänk vernehmen werdet, in welchen sich niemands ärgern wird. Bitt hiemit euer Gunst und Lieb, wo's sich zutrüg, dass etwa einer oder eine getroffen, wollet euer Farb im Angsicht nit verstellen; sonst werdet ihr von jedermann in Argwohn verdacht und würd man sagen: »Wenn man unter die Hund wirft, schreit keiner, denn welcher getroffen wird.« Bewahr dich Gott, freundlicher Leser.

Dein allzeit williger Jörg Wickram

1.

Wie ein gut fromm Mann am Kochersberg einem guten Einfältigen ein Wallfahrt verdinget, zu Sankt Veiten zu wallen

Dieweil wir jetzund auch auf einer Fahrt oder Reis sind, so gemahnt mich gleich ein guter Schwank, dass ich euch denselbigen erzähl.

Es ist jedermann wohl bewusst, dass am Kochersberg, nit weit von Straßburg gelegen, gar viel guter, frommer, einfältiger Bauersleut wohnen, von deren einem ich euch hie schreiben will. Derselb gut Mann kam in ein sehr große Krankheit, durch welche er lange Zeit hart und übel gekränkt ward. In solchen seinen Nöten kam ihm zu Gedanken, wenn er ein Wallfahrt zu Sankt Veiten, so daselbst am Gebirg gelegen, verhieß mit einem silbrin Opfer, verhofft er gänzlich, sein Sach würd besser werden. Also gelobt und versprach er die Fahrt; sobald er von solcher Krankheit aufkäm, wollt er die Fahrt vollbringen.

Als er aber in kurzer Zeit danach wieder gesund worden, ist ihm Tag und Nacht die Gelübd, so er getan hat, vor Augen gewesen und im Sinn gelegen. Und als er sich jetzt endlich vorsetzt, die Fahrt und Opfer zu leisten, hat ihn die Arbeit mit Hauf überfallen. Alsbald er seine Acker gesät, musst er in den Reben anfangen zu werken; und war der Arbeit so viel, dass der gut Mann kaum der Weil nahm, dass er aß und trank. Zuletzt kam ihm zu Sinn, damit er Sankt Veiten nit mit seinem langen Auflenzen unwillig machte, wollt er einem guten frommen Mann von seinetwegen die Fahrt verdingen auszurichten. Also fand er einen nach seinem Gefallen; denselben fertigt er ab mit Opfer, Wachs und einem guten feisten Hahn; dies alles befahl er ihm Sankt Veiten zu bringen.

Bald macht sich der gut Gesell auf die Fahrt, ging in großer Andacht dem Gebirg zu. Wer ihm bekam, den fragt er, wo aus er den nächsten zu Sankt Veiten käm. Er ward von jedermann treulich gewiesen. Nun liegt ein groß Kloster unten an dem Berg, zu dem musst er hingehn. Das Kloster nennt man zu Allenheiligen; darin wohnen etlich Mönch. Er ward den Berg hinauf gewiesen zu Sankt Veiten, zog also mit großer Müh und Angst hinauf. Zuletzt gedacht er bei sich selbst: »Nun bin ich wahrlich nit weis genug, dass ich mit solcher großen Müh den hohen Berg heraufsteig. Nun sagt man doch, das Kloster heiß zu Allenheiligen; sind nun all Heiligen in dem Kloster, so muss Sankt Veit auch gewisslich bei ihnen sein, und ich würd ihn jetzund nit daheim finden.«

Mit diesen Gedanken wendet er sich um und den Berg wieder hinab, als wenn man ihn gejagt hätt, kam also an des Klosters Pforten und läut an der Glocken gar ernstlich. Der Pförtner kam eilends gelaufen, schloss die Pforten auf, fragt den guten Gesellen, was sein Begehren und Geschäft wären.

»Lieber«, sagt der Waller, »sind nit all Heiligen da innen?«

Der Pförtner sagt eilends Ja; denn er hat den feisten Hahn bei ihm gesehen und meint, er wollt ihn allen Heiligen bringen zu einem Opfer.

»Lieber Pförtner«, sagt der Waller, »gang hinein zu allen Heiligen und heiß mir nur Sankt Veiten herauskommen; denn ich hab Geld und diesen Hahn, so ihm gehören.« –

»Lieber guter Gesell«, sagt der Pförtner, »willst du zu Sankt Veiten, musst du dich noch mehr den Berg hinauf strecken, denn du findest ihn nit hie innen.« –

»Wie wär denn das ein Ding?«, sagt der Waller; »sollten alle Heiligen beieinander dinnen sein und wollten eben Sankt Veiten ausgesondert haben? Wie wär das ein Ding?«

Der Pförtner meint, der Waller trieb sein Speiwerk, erzürnt sich über ihn und sagt: »Du hörst mich wohl, was ich sag. Sankt Veit hat in unserm Kloster nichts zu tun; wir haben all Heiligen zu Patronen.«

Darauf sagt der Waller: »So behalt du dir deine all Heiligen, so will ich Sankt Veiten behalten.« Damit zog er wieder sein Straß heimwärts zu.

Als er aber nun zu seinem Bauern kam, empfing er ihn freundlich und fragt, ob er die Fahrt ausgericht hätt. Der Waller sagt Ja. »Wo hast du dann den gemalten Brief zum Wahrzeichen?«

Der Waller besann sich kurz und sagt: »Ich kam auf

den Berg in Sankt Veiten Kirch; da war Sankt Veit nit daheim, sondern war unten im Kloster bei allen Heiligen; also ging ich herab in das Kloster, hieß mir Sankt Veiten hervorkommen; also richt ich mein Sach aus, gab ihm das Opfer. Das nahm er, den Hahn aber hat er mir geben und geschenkt, lässt dir dabei viel Guts sagen. Er aber hat kein Brief, so er mir hätt geben können; denn sie waren all oben auf dem Berg.«

Also glaubt ihm der gut einfältig Bauer, gab ihm seinen Lohn und ließ ihn laufen. Der gut Waller war wohl content; denn er hat drei Schanzen mit einer Karten gewonnen.

In diesem Stück sollen wir dreierlei wahrnehmen. Erstlich die groß Einfalt, mit deren die Welt umgeht; denn so einem etwas Krankheit oder Trübsal zuhanden geht, findet man gar viel, so des rechten, wahren und gebahnten Wegs verfehlen, gedenken wenig an Christum, unseren Seligmacher; denn der ein ruft zu diesem, der ander zu jenem Heiligen, so doch Christus im Evangelio Joannis 10 ganz klärlich mit ausgedrückten Worten sagt: »So ihr etwas den Vater bittet in meinem Namen, das will er tun.« Item: »Ich bin der Weg, das Leben und die Wahrheit; niemand kommt zum Vater denn durch mich.« Und an einem andern Ort sagt er, Mathei 11: »Kommt her zu mir, alle die ihr mühselig und beladen seid! Ich will euch erquicken.« –

Zum andern ist sich auch genug zu verwundern, dass die Welt so einfältig ist, so dass einer meint, er wolle viel verheißen, ob er das gleichwohl nit tun kann, wolle er das einem andern befehlen auszurichten; als denn zu viel Malen geschieht, dass einer einem andern verdingt ein Anzahl für ihn zu beten, fasten oder so zu wallen hin und wider. Es lässt sich aber nit so verstreichen; sonst wär Adam im Paradies wohl bestanden, als er den Apfel aß; denn er sagt: »Das Weib gab mir, und ich aß.« Also wollt sich auch das Weib mit der Schlangen verantworten. Da half aber kein Ausred, es musst ein jeglichs seine Bürde selbst tragen. –

Zum dritten ist auch ein großer Missbrauch entstanden mit den Opfern. Die sind hin und wider getragen worden in die reichen Gottshäuser, nämlich gut feist Hennen, Hähne und Kapaunen; wem aber die zu Trost kommen, weiß Gott wohl; denn die geschnitzten und gemalten Heiligen haben sie nicht genossen. Daneben aber haben wir die lebendigen Heiligen wenig bedacht, auf welche wir billig sehen sollten. Die aber haben großen Hunger und Mangel in ihren Krankheiten leiden müssen, so doch Christus spricht Mathei 23: »Was ihr getan habt den geringsten unter diesen meinen Brüdern, das habt ihr mir getan.« Darum lasst unser Wallfahrten und Opfer gerichtet sein zu den lebendigen Heiligen! Von diesem genug.

2.

Von einem, so in Wassersnot Sankt Christoffel ein groß wächsin Licht verhieß

Es hat der hochgelehrt und lobwürdiger Gedächtnis Doktor Erasmus von Rotterdam in seinen Colloquiis beschrieben einen grausamen Schiffbruch, denselbigen auch dergestalt herausgestrichen, also wer den liest oder hört, dem muss darob grausen. Unter andern, so in solchem Schiffbruch und Fortun gewesen, setzt er von einem, so vielleicht ein Kaufmann möcht gewesen sein.

Als derselbe von andern seinen Mitgefährten ein solch Schreien und Rufen hört; der ein ruft und verhieß sich zu Sankt Jakob, der ander zu Sankt Niklaus Port, der dritt zu Sankt Katharinen von Senis. Da waren gar wenig, so zu dem rechten Schiffmann ruften, welcher mit seinem Bedräuen Wind und Meer augenblicklich stillen könnt; diese aber, als sie in ihren größten Nöten waren, sucht sich ein jeder ein besonderen Heiligen.

Und nämlich dieser, als er sieht, dass man alles Gut aus dem Schiff wirft, die Mast und Segel zerrissen, die Schiffleut ganz verzagen, ein jeder sieht sich um ein Dielen oder Brett, damit er sich dem grausamen wütenden Meer ergeben will, so fängt der gut Kerle auch an mit lauter Stimm zu rufen: »O du heiliger Sankt Christoffel, hilf mir in diesen meinen großen Wassersnöten, damit ich wieder ans Land kommen mög! Dagegen versprich ich dir ein wächsine Kerzen, so lang und groß, als da ist dein Bildnis zu Paris in der hohen Kirchen.« Diesen Ruf erneuert er zu mehr Malen.

Zuletzt sagt einer seiner Gesellen: »O mein lieber Compani, du versprichst sehr große Ding; denn wahrlich, wenn dein ganze Freundschaft und Geschlecht zusammentäten, Hab und Gut daranstrackten, sie möchten das Wachs nit bekommen.«

Dieser aber, so zuvor sehr laut geschrien, sagt zu seinem Gesellen heimlich in ein Ohr: »Mein lieber Gesell, hilf mir nur Sankt Christoffel ans Land, ich wollt mich wohl mit ihm vertragen; er sollt ein Schandel oder Unschlittlicht dafür nehmen.«

Ach der groben Einfalt! Er meint, Sankt Christoffel hätt Gewalt, ihm aus Nöten zu helfen, hätt auch sein grausam Schreien und Rufen, so er getan, erhört, er aber möcht die Wort, so er seinem Gesellen heimlich gesagt, nit hören. O du arme Welt, was tust du!

3.

Wie ein Pfaff unterstand mit fünf Worten in Himmel zu kommen

In einem Dorf saß auf ein Zeit ein toller, voller, verlotterter, verspielter, gottloser Pfaff, dem alle Zeit seine Sinn und Gedanken mehr ins Wirtshaus denn in die Kirchen standen, deren man aber jetzt zu unseren Zeiten nit bald einen finden wird. Derselbig Pfaff versah und weidet seine Schaf ganz fleißig, damit ihnen kein Unrat angesehen ward; denn er lag gewöhnlich Sommerszeit mit ihnen im Schatten im Wirtshaus, Winterzeit aber in der warmen Stuben, damit sie ihm in der Kirchen nit erfrören.

Zu einer Zeit begab es sich, dass er von einem andern Dorfpfaffen auf die Kirchweih geladen ward; derselbig war ein alter und wohlbetagter Mann. Er hat auch noch ander ehrbar Gäst geladen, so ihm bekannt und verwandt waren, deren etlich nit groß Wohlgefallen an des Pfaffen tollen Schwänken hatten. Denn er, sobald er über Tisch kam, fing er seine faulen Bossen an zu treiben mit Reupsen, Schreien und Jauchzen, so dass niemand vor ihm zu Red oder Worten kommen mocht. So oft er ein Glas, Becher oder Krausen austrank, fing er an mit lauter Stimmen zu schreien: »O lieber Wirt, schenk tapfer ein!« Warf damit das Geschirr in die Höhe und empfing's wieder.

Diese unflätige Weis trieb er so lang, bis es den andern Pfaffen anfing zu verdrießen. Und der ihn geladen hat, hub an den vollen Pfaffen mit Worten zu strafen und sagt: »Ach lieber mein Herr, wo gedenkt ihr doch hin? Nun seid ihr ein Pastor und Seelsorger über eure Gemein; wie wollt ihr die Sach gegen Gott verantworten? Dieweil ihr ein solch schändlich Leben führt, nehmen doch wahrlich euer Untertanen ein bös Exempel und Ebenbild von euch. Man sagt gemeinlich: ›Wie der Hirt, so sind auch die Schaf.‹ Darum sollt ihr euch solcher lästerlichen Weis maßen, sonst werdet ihr gewiss in großen Gefährden an eurem letzten End stehn müssen.« –

»Aha!«, sagt der Pfaff, »ich hab ein gnädigen lieben Herren und Gott; wenn mir an meinem letzten End nit mehr denn so viel Zeit werden mag, dass ich fünf Wort mit ihm red, wird mir der Himmel offen stehn. Was wollt ich dann große Not haben! So will ich auch meiner Bauern keinen in Himmel tragen; wollen sie nit hinein, bleiben sie heraus. Ich hab ihnen doch, als sie mich angenommen haben, den Himmel nit zugesagt sowohl als ihr euren Bauern.«

Als sie nun lang miteinander zankten und aber der Pfaff alle Wort in einem Gespött verlachet, hat ihm der ander nicht mehr in seine Sachen reden wollen; der Pfaff ist aber ganz trunken worden.

Und als der alt Pfaff eben aufhört, von dem er geladen war, hat er Urlaub von ihm genommen; damit ihm aber nichts auf seiner Heimfahrt begegnet, hat ihm der Alt seinen Sigristen zugegeben.

Nun ist unterwegs ein sehr tiefer Bach gewesen und gar ein schmaler Steg darübergangen, über welchen der voll Pfaff hat gehn müssen. Als er aber mitten auf den Steg kommen ist, sind ihm seine beiden Füß entgangen, und ist er also in das Wasser geplumpet. Sobald er aber merkt, dass ihm niemands zu Hilf hat mögen kommen (denn ihm ging das Wasser schon in das Maul), da hat er angefangen jämmerlich zu schreien: »O lieber Wirt, schenk tapfer ein!«, denn ihm dies Wort zuvorderst im Maul lag, und er konnt in seinem letzten End die fünf Wort nit herausbringen. Also ersäuft der voll Pfaff.

Darum es wahrlich nicht gut ist, solcher üppigen Wort sich zu gebrauchen; dazu sollen wir auch nimmer kein solche Spottreden und üppige Fabeln von Gott reden, wie dieser Pfaff getan hat.

4.

Von einem Ratsherrn, der mit einem Kind ging

In einer Stadt mit Namen Freiburg saß ein reicher Ratsherr, welcher mit seiner Frau noch nie in fünfzehn Jahr kein Kind gehabt hat; deshalb oft etwas Spans bei ihnen sich erhob, dass je eins dem andern die Schuld gab. Auf ein Zeit dinget die Frau ein Hausmagd, welche fast züchtiger Bärden war, konnt auch dem Haus wohl vorstehn. Ihr Mann gedacht in seinem Sinn: »Mein Weib zeiht mich, ich sei kein nütz. Wie wär es, so ich's mit meiner Magd versuchte, ob die Schuld mein sei oder nit, nur dass wir aus dem Zweifel kommen!« Und kehrt sein möglichen Fleiß an, ob er sie könnte bereden. Die Magd durch viel glatter Wort und Verheißen ihres Herren verwillget und empfängt von ihm ein Kind.

Nun vermag aber die Stadtordnung allda, so ein Ratsherr die Ehe bricht, wird er von allen Ehren gesetzt. Und er gedacht: »Wie ist dem zu tun? Wird man's von mir inne, werd ich übel bestehn.« Und geht hin zu seinem Doktor, welcher ein gescheiter Mann war, entdeckt ihm sein Anliegen und die große Gefahr, so ihm drauf stünde.

Der Doktor tröstet ihn und spricht: »Dem ist wohl zu tun; seid unverzagt! Geht heim und legt euch ins Bett und gehabt euch sehr übel im Bauch, und über ein Tag schickt mir den Harn durch eure Frau und lasst mich handeln!«

Der Ratsherr tat, wie ihm der Doktor befohlen hat, und schickt am andern Tag die Frau zum Doktor mit dem Wasser. Der Doktor besichtiget das Wasser, und im Besehen lachet er. Die angsthaftige Frau, so sie den Doktor sieht lachen, betrübet sie sich fast; denn sie wusst wohl, dass ihr Mann fast krank lag.

Der Doktor spricht: »Euer Herr ist sehr krank, und schwillt ihm der Bauch; denn er geht mit einem Kind.«

Die Frau antwortet: »Herr, wie kann das sein? Treibt kein Speiwerk! Mein Mann ist sehr krank.«

Antwortet der Doktor: »Ich sage euch die Wahrheit; er geht mit einem Kind.« –

»Herr«, sagt die Frau, »wie geht das zu? Es ist unmöglich.«

Antwortet der Doktor: »Ihr Weiber habt seltsam Glüsten, versucht's in all Weg; in dem ist euer Mann schwanger worden.«

Und sie errötet, gedacht bei sich selbst einfältiglich: ›Es mag sein.‹ Und fasst wiederum das Herz mit beiden

Händen, fragt den Doktor, wie ihrem Mann zu helfen wäre.

Der gab ihr die Lehr: »Bestellt ein Jungfrau, die noch keins Manns schuldig ist, und verfügt sie zu eurem Mann; alsdann wird die Jungfrau das Kind empfangen.«

Die Frau antwortet: »Es wird's keine wollen tun.«

Spricht der Doktor: »Kehrt Fleiß an beizeit! Sonst verdirbt euer Mann. Denn das muss sein.« Noch eins spricht der Doktor: »Was habt ihr für eine Magd?«

Antwortet die Frau: »Sie ist so züchtig, mag von den Dingen nichts hören, ich geschweige erst tun.«

Spricht der Doktor: »Versucht's mit ihr, kehrt euren möglichen Fleiß an und sagt, sie mög den Mann beim Leben erhalten, mit Verheißung einer reichlichen Heimsteuer; und so sie das Kind gewinnt, dass ihr's für euer eigen Fleisch und Blut wollt auferziehen!«

Also schied die Frau vom Doktor heimwärts zu ihrer Magd, hielt ihr den Handel vor mit großem Bitten und Flehen.

Die Magd antwortet: »Liebe Frau, haltet ihr mich für ein solche? Ich will noch hinnacht aus dem Haus.«

Die Frau hinwieder mit großer Bitt und Verheißen gerät an sie hin, sie solle doch ihres Manns Leben ansehen; desgleichen wolle sie das Kind für ihr eigen Kind erziehen und sie reichlich aussteuern zu einem guten Gesellen. Nach langer heftiger Bitt verwillget die Magd und legt sich zum Herrn, welcher gleich in kurzen Tagen wieder genas, und die Magd empfing das Kind. Also ward der Sache Rat, und die Frau hielt der Magd alles, was sie ihr verheißen hat, und blieben all bei Ehren.

Wie aber die Magd so bald gebar und nur die halbe Zeit, 20 Wochen, das Kind getragen hat, gewann die Frau ein Argwohn und ging wieder hin zum Doktor und sprach: »Herr Doktor, wie geht's doch zu, dass die Magd des Kinds so bald geniest?«

Antwortet der Doktor: »Mein liebe Frau, wundert euch das? Gedenkt ihr nit, dass der Mann das Kind 20 Wochen getragen hat und die Magd auch 20?«

Spricht die Frau: »Ja wahrlich, das ist wahr«, danket dem Doktor und schied von ihm.

Etwa ein Jahr danach ging der Doktor ungefähr für die Frau, grüßt sie und lächelt; das trieb er zum dickeren Mal. Bei dem die Frau annahm, dass es mit Kräutern zugangen war, wie man spricht.

5.

Von einem Abenteurer, der bewährt, dass der Teufel zu Konstanz und der groß Gott zu Schaffhausen, auch die Marie zu Einsiedeln und er verschwistert wären

Zu Einsiedeln in dem Schweizerland hat es sich begeben, dass viel Leut, ihre Wallfahrt zu vollbringen, dahin kommen sind. So hat es sich zugetragen gegen die Nacht in einem Wirtshaus, wie man aß, dass die Pilger haben geredet von der lieben Marie zu Einsiedeln, wie sie gar so gnädig wäre, auch von ihren Wunderzeichen, die sie getan hätte.

Unter die Pilger war auch ein guter Gesell geraten, der nit der Wallfahrt, sondern seiner Geschäfte halber dahin kommen war, der aß auch mit ihnen zu Nacht. Als nun die Pilger so viel Gutes der lieben Marie verjehen, redet er auch das Sein dazu, sprechend: »Wie würdig schätzt ihr sie doch, sie ist mein Schwester.«

So das die Pilger, auch der Wirt, hörten, erstaunten sie über diese Red, und es ward so lautbrecht, dass es dem Abt auch kundgetan ward, welcher diesen guten Gesellen, so er vom Tisch aufstand, fangen und über Nacht in den Turm legen ließ.

Morndes vor Rat er mit heftiger Klag den Übeltäter bestellen ließ, wie dass dieser die liebe würdige Mutter Gottes geschmäht hätte und geredet, sie wäre sein Schwester.

Nach langer Klag fragt man den Übeltäter, was er damit gemeint hätte.

Antwortete er: »Ja, die Marie zu Einsiedeln ist mein Schwester, und was noch mehr ist, der Teufel zu Konstanz und der groß Gott zu Schaffhausen sind meine Gebrüder.«

Der Rat entsetzt sich ob dieser Red, und sie stießen die Köpf zusammen, sprechend: »Gewiss ist dieser ein Heiligenschmäher.«

Der oberste Richter fragt ihn weiter, um etwas mehr aus ihm zu bringen: »Wie darfst du die schnöden Wort allhie ausstoßen, so von allen Landen jetzt Pilger hier sind und es allenthalben erschallen wird?«

Antwortete der Übeltäter: »Ich hab recht geredet. Denn mein Vater ist ein Bildhauer gewesen, der den Teufel zu Konstanz gemacht hat und auch den großen Gott zu Schaffhausen und eure Marie, auch mich; darum sind wir verschwistert.«

Also lachten sie all und ließen ihn ledig.

6.

Von zwei zänkischen Bauern, deren einer des Bürgermeisters Frau fragt: Seid ihr nit auch ein Hur?

In einem Flecken saßen zwen Bauern, welche Nachbarn waren, die lagen einander für und für im Haar und konnten nit miteinander gestellen, so dass sie oft den Bürgermeister überliefen, welcher ein Unwillen ab ihnen gewann.

Auf ein Zeit kommen sie abermals vor des Bürgermeisters Haus, und der ein klopfet ungestümiglich an. In dem läuft die Frau hinab und lässt sie ein. Als sie nun die zwen zänkisch Bauern sieht, spricht sie: »Ihr unruhig Leut, seid ihr wieder vorhanden? Wie geht's doch zu, dass ihr Bauern so aneinander kommt mit Hadern, Fetzen und Raufen? Ihr seid doch unruhig Leut!«

Antwortet der ein Bauer: »Frau, seid ihr nit auch ein Hur?«

Die Frau hinwieder mit Scheltworten an Bauern hin: »Du Laur, du Schelm, darum musst du mir ein Stand tun; ich will dich dessen nit erlassen.«

Der Bauer antwortet: »So kommen wir Bauern aneinander. Ich hab euch nur gefragt, ob ihr ein Hur seid.«

7.

Von einem Landsknecht und »Herrgott, behüt uns«

Im Schweizerland gen Zürich ist kommen ein Landsknecht in ein Wirtshaus und hat den Wirt begrüßt um Herberg, dem hat der Wirt Herberg zugesagt. Zum Nachtessen hat der Wirt dem Landsknecht gar einen sauren Wein vorgestellt, der von einem übel geratenen Jahr war, und so die Leut ihn tranken, sprachen sie: »Herrgott, behüt uns, wie ist der Wein so sauer!«, sodass der Wein von dem Jahr den Namen behielt »Herrgott, behüt uns«.

Als nun der Landsknecht aß und auch den sauren Wein versucht, spricht er: »Potztaubenast, Herr Wirt, wie ist der Wein so sauer!«

Antwortet der Wirt: »Unsere Wein sind der Art, dass sie erst im Alter gut werden.«

Spricht der Landsknecht: »Wirt, ja, wenn er so alt würde, dass er auf Krücken ginge, würde nichts Gutes daraus.«

8.

Von brüderlicher Treu

Zu Bern haben gewohnt zwen gut Freund mit Namen Mathias Apiarius der ein und Hans Ypocras der ander. Der Ypocras war dem Apiario schuldig etwas Geld. Nun auf ein Zeit schickt der Apiarius sein Frau zum Ypocras, von ihm Geld zu fordern. Der Ypocras gibt ihr die Antwort: »Euer Mann ist mir auch schuldig.«

Sie spricht: »Was ist er dir schuldig?« Denn sie hat gut wissen, dass es alles verrechnet war und er ihrem Mann bei der Rechnung schuldig war geblieben.

Antwortet der Schuldner: »Er weißt's wohl.«

Also schied das Weib zorniglich von ihm und klaget's ihrem Mann. Welcher, sobald er das hört, ging in einem Zorn eilends selbst zu ihm und spricht: »Wie darfst du's reden, dass ich dir schuldig sei?«

Antwortet der Ypocras: »Du bist mir schuldig.«

Jener herwieder: »Du sparst die Wahrheit; ich bin dir nichts schuldig.«

Und sie trieben solche Zankwort so lang, bis dass der Apiarius gar in Zorn bewegt ward, dass der Schuldner besorgt, es möcht zu Streichen geraten, und spricht mit lachendem Mund: »Du bist mir brüderliche Lieb und Treu schuldig.«

Von deswegen der Apiarius, wiewohl er sehr erzürnt war, ward lachen, und sie vertrugen sich zuletzt gütiglich.

9.

Von zwei Bauern, die einem Abt schuldig waren

Auf ein Zeit waren zwen Bauern einem Abt schuldig etlich versessen Zins und wurden zu Rat, den Abt um länger Ziel zu bitten. Sie kommen vors Kloster und wurden von dem Pförtner eingelassen; es war aber um die Essenszeit.

Die zwen eilten der Konventstuben zu, vermeinten, den Abt allda zu finden. Der Abt saß mit seinen Edlen zu Tisch und seine Diener an einem besonderen Tisch. Nun wie die zwen Bauern die Tür auftaten und den Abt so zu Tisch sitzen sehen, erschrickt der ein Bauer, tritt hinter sich und geht hinweg. Der ander aber geht frevlich hinein und drang zwischen die Diener hinein zum Tisch und aß, als hätt er Zins bracht.

Der Abt, sobald er das erblickt, spricht er zu einem Edlen, der neben ihm saß: »Da sitzet ein schamper Bauer. Wie hat er sich hineingeflickt zum Tisch! Er ist mir nichts mehr schuldig.«

Solches fasst der Bauer in sein Ohr und macht sich, nachdem er gessen hat, wieder heim.

Als er aber nachmals wieder von dem Abt angesucht ward um die Schuld, spricht der Bauer zum Abt: »Gnädiger Herr, es ist euer Gnaden wohl kund, dass ich euch nichts mehr schuldig bin. Denn ihr zum mehreren Mal im Essen spracht zum Edelmann, der neben euch saß: ›Der Bauer ist mir nichts mehr schuldig.‹«

Und der Abt ließ es auch so beruhen.

10.

Von einem bayerischen Bauern, der neun Tag ein Lässer war

Es begab sich, dass ein reicher Kaufmann seiner Hantierung nach durch das Bayernland ritt; und wie er ungefähr ein Gatter antraf bei eines Bauern Haus, dadurch er reiten musst, das konnt er nit auftun, ruft dem Bauern zu, er soll ihm das Gatter auftun.

Der Bauer schrie mit heller Stimm: »Es ist niemand in dem Haus; das Gesind ist auf dem Feld, und ich liege hinter einem Umhang, bin ein Lässer.«

Spricht der Kaufmann: »Wie lang bist ein Lässer gewest?«

Antwort der Bauer: »Morgen ist der neunt Tag.«

Also tut der Kaufmann mit Übelzeiten das Gatter zuletzt selbst auf und spricht zum Bauern: »Sieh hin, da auf dem Gatter liegt ein Taler, und tu der Lässie genug!« Hat aber nichts dargelegt und ritt hinweg.

Wie das der Bauer hört, [geht er] geschwind zum Haus aus und wollt den Taler holen, fand aber keinen. Also ward der Bauer vom Kaufmann aus dem Haus genarrt.

11.

Von einem Wirt, der seinen Gästen ein Tracht um ein Taler verkauft

Es hatten sich gut Nachbarn vereint und wurden zu Rat, ein gut Mahl beieinander zu essen, schlugen's an in ein Wirtshaus, da ihnen alles wohl zugerüst ward. So sie nun zu Tisch saßen, trug ihnen der Wirt tapfer auf, redet sie oft an, sie sollten guter Dinge sein, es gange noch alles umsonst zu und sie essen vergebens, bis dass er ein guten bratnen Kapaunen auftrug, so spricht er: »Das kostet ein Taler.«

In dem kommt ein Rollwagen mit Kaufleuten, die gen Frankfurt wollten. Alsbald der Wirt das hört, läuft er hinaus und empfängt die Gäst. Nit ungeschwind der Gästen einer, die da aßen, verbirgt den bratnen Kapaunen und lässt die Schüssel so leer stehn. In dem kommt der Hausknecht und schenkt ein. Der Gästen einer redet in an, sprechend: »Hausknecht, bringt mehr zu essen!«

Der Hausknecht fordert mehr Speiß in der Küche von der Wirtin und bringt den Gästen ein Reismus mit gebachnen Fischen umlegt.

Nachdem die Gäst und Nachbarn wohlgelebt hatten, hießen sie den Wirt die Zech machen, welcher spricht: »Liebe Gäst und Nachbarn, was ihr gessen habt, das gesegne euch Gott und sei euch geschenkt, allein der braten Kapaun kostet ein Taler. Und habt hiemit für gut!«

Der aber den Kapaunen verborgen hat, spricht von

aller wegen: »Uns nit! Wir wollen den Kapaunen nit so teuer kaufen.« Und gab damit dem Wirt seinen Kapaunen wieder, welcher ihn wieder nahm, war aber nit wohl zufrieden.

12.

Von Kaufmannsknechten, die von Frankfurt auf zu Fuß heimzogen, wie sie bei einem Wirt nichts anders haben wollen essen denn Trüschenleberle

Nach einer Frankfurter Mess haben etlich Kaufleut aus dem Schweizerland ihre Knecht zu Fuß wieder heimgeschickt ein Tag oder zwen, ehe sie hernachkamen. Nit weit von Speyer in ein Wirtshaus sind die Diener kommen, welches an der Straß lag. Und als sie nun wohl bezecht waren, wurden sie eins, noch ein gut Mahl zu essen, nichts anders denn eitel Trüschenleberle, überredeten den Wirt, dass er's ihnen zurüste; er ließ es sich aber wohl bezahlen. Nun so sie mutwillig genug waren gewest, sind sie dannen verruckt, haben solches oft geübt, ehe sie heimkamen.

Über ein Tag kamen ihre Herren hernach zu Ross und gerieten ungefähr auch in das Wirtshaus, da ihre Knecht die Trüschenleberle gessen hatten. Der Wirt bot's ihnen wohl nach seinem Vermögen. Einer unter den Kaufherren fragt den Wirt, ob er keine Trüschen hätte, sollte ihnen ein gut Essen Fische zurüsten. Der Wirt gedacht: »Möchten dir die Trüschen noch einmal bezahlt werden«, kochet ihnen die Trüschen, deren Leberle ihre Knecht gessen hatten.

So nun die Kaufherren essen und auch einer unter ihnen die Leberle suchet, fand er keine. Deshalb er den Wirt zur Red stellt, sprechend: »Wirt, die Trüschen sehen ich wohl, aber die Leberle nienen.«

Antwortet der Wirt: »Ich muss euch die Wahrheit verjehen. Es sind erst nächt etlich jung Gesellen hin verruckt, die haben mir die Leberle wohl bezahlt. Gebt ihr um die Trüschen, was ihr wollt!«

Also gedachten die Kaufleut: »Gewiss sind's unsere Diener gewest.« Und bezahlten dem Wirt die Trüschen gleich, als hätten sie die Leberle gehabt. Und speit je einer den andern; es gedacht aber ein jeder in seinem Mut: »Komm ich heim, will's meinem Knecht wohl vergelten.«

13.

Von einem Pfarrherrn, der seine Untertanen straft, sie sollen einander nit so frevenlich heißen lügen; so doch einer lügt, solle gleich der ander dazu pfeifen

In einem Dorf hat's verwöhnt, schalkhaft, bös Bauern, die oft im Wirtshaus und sonst mit Scheltworten und einander heißen lügen, zum öfter Mal zusammen schlugen und stachen, welches der Pfarrherr zum dickeren Mal an der Kanzel ihnen hat gewehrt, und aber leider nichts half.

Auf ein Zeit an einem Sonntag, so der gut Herr nit viel studiert hat und seinen Bauern sollt predigen, fing er wieder an, ihnen ihr Scheltwort zu erzählen, sprechend: »Ihr seid doch unselig Bauern. Hab euch jetzt ein lange Zeit gewehrt das Fluchen, Schwören, Heißen einander lügen, Schlagen und Raufen; und es ist aber je länger je böser, heißt einander so frevelich lügen, aus dem dann aller Hader und Zank sich erhebt. So einer doch lügt und, der's hört, ihn seiner Lügen halber strafen will, spreche er nit trutzlich: ›Du lügst‹, sondern pfeife dazu. So wird's dann dieser wohl merken und in einem Gespött ziehen. Pfuch, es ziemt euch nit.« Und das merkt auch ein schamper Bauer dahinten in der Kirchen.

Der Pfarrherr ließ von dem und prediget ihnen von der Erschaffung des ersten Menschen, sprechend: »Liebe Untertanen, der allmächtig Gott, so er Himmel und Erden gemacht, hat es ihn gut gedacht, den Menschen zu machen, und hat einen Lehmklotzen zusammengewalzet, geformiert wie einen Menschen und demnach ihn an einen Zaun gelehnet, dass er erkechete.«

So das der schamper Bauer hört, pfeift er überlaut. Welches der Pfarrherr merkt und spricht: »Wie, Bauer, meinst, ich lüg?« –

»Nein, Herr«, antwortet der Bauer, »wer hat aber den Zaun gemacht, so noch kein Mensch auf Erden ist gewest?«

Man spricht: »Wie der Pfaff, so sind auch seine Untertanen.«

14.

Von zwei Landsknechten, die miteinander in den Krieg zogen

Zwen gut Gesellen zogen miteinander in den Krieg; und als es sich dann oft begibt, wenn man gemustert hat und die Knecht geschworen haben, dass man die Fähnlein verschicket, eins hieher, das ander dort aushin, so kamen diese zwen Gesellen auch voneinander, dass sie lang nit zusammenkamen, bis dass ein Schlacht geschah und die Haufen geurlaubt wurden.

Als sie aber im Heimziehen waren, kamen sie auf der Straß ungefährlich wieder zusammen und reisten so ein Tag oder zwen miteinander. In dem sich viel Reden zwischen ihnen begaben, wie es einem jeden gangen war. Es war aber der ein sehr reich worden, hat viel Gelds und Kleinod überkommen, der ander hat gar nichts. Deshalb der Reich seiner spottet und sprach: »Wie hast du ihm doch getan, dass du so gar nichts hast überkommen?«

Der Arme antwortet und sprach: »Ich hab mich meiner Besoldung beholfen, nit gespielt, noch den armen Bauern das Ihre genommen; sie haben mich zu übel gedauert.«

Dieser sprach: »So hör ich wohl, du bist der Krieger einer, denen Johannes in der Wüste prediget, sie sollten sich an ihrem Sold begnügen lassen.«

Der Arm antwortet: »Ja, ich meint, es wäre nit übel getan.«

Der ander sprach: »Ach nein, mein lieber Bruder, dieselbig Zeit ist nimmer, es geht jetzt anders zu. Wenn du willst barmherzig sein und nit drauf greifen, überkommst dein Lebtag nichts; du musst ihm tun, wie ich ihm getan hab. Ich hab mich nit gsäumt mit Kistenfegen und andern Ränken; du musst es nehmen, wo du's findest, und dir niemands lassen zu lieb sein.« Der Arm gedacht der Red nach.

Es begab sich, dass sie zu Nacht in ein Kammer schlafen gewiesen wurden, und der Arm hat Acht, wo der Reich sein Säckel und Kleinod hinlegt, stand in aller Stille um Mittnacht auf und erwischt aus des Reichen Taschen ein guldin Kettlein und etwa für zehn Gulden Münz, macht sich mit dem davon vor Tag. Da es aber Tag ward, erwachet sein Gesell und fand seinen Bruder nit, gedacht gleich, es wird nit recht zugehn, und ergreift seine Bulgen, lugt; so mangelt er der Ketten und des Gelds. Darum er seinem Gesellen auf dem Fuß nacheilet und ergreift ihn zu Nürnberg, ließ ihn da gefänglich annehmen.

Und als ein ehrsamer Rat den Gefangnen zur Red stellt, warum er dem die Ketten samt dem Geld entragen hätte, gab er Antwort: »Er hat's mich geheißen.« Der ander verneinet's, er hätt's ihn nit geheißen; dieser bestand, er hätt's ihn geheißen.

Nun die Herren begehrten ein rechten Bericht vom Armen, wie er's ihn geheißen hätt. Da erzählt der Arme, wie er ihm hätte ein Lehr geben, er sollte tun, wie er ihm getan hätte, er sollt kein Barmherzigkeit mit niemand haben, sondern sollt's nehmen, wo er's finde; er hätt ihm auch so getan, so hätte er's nienen bass können bekommen und bälder denn bei seinem Gesellen, der bei ihm in der Kammer gelegen wäre.

Also erkannten die Herren, er sollt ihm die Ketten wieder geben und er das Geld behalten, damit er wieder heim möcht Zehrung haben, und dieser sollt keinen so mehr lehren reich werden.

15.

Von einem Landsknecht, der nur drei Wort begehrt mit seinem Hauptmann zu reden

Ein armer einfacher Landsknecht litt großen Hunger, wiewohl Proviant genug im Lager war, so hatt er doch kein Geld, dass er's kaufet. Deshalb trieb ihn die Not dahin, dass er vor den Hauptmann begehrt in Hoffnung, er sollt ihm etwas vorsetzen. Es hatt aber der Hauptmann etlich groß Hansen zu Gast geladen, weshalb die Trabanten diesen armen Knecht nit vor ihn lassen wollten.

Als er aber nun ohn Unterlass bat, man sollt ihn doch vor den Hauptmann lassen, er hätte nit mehr denn drei Wort mit ihm zu reden, war da auch ein nasser Vogel unter den Trabanten; den wundert, was er doch mit drei Worten könnte ausrichten, und sagt es dem Hauptmann in der Läng, wie sich die Red hat zugetragen.

Der Hauptmann mitsamt seinen Gästen, die auch wohl bezecht waren, sprachen: »Lass ihn herein! Und redet er mehr denn drei Wort, so wollen wir ihn in die Eisen schlagen lassen.«

Also ward er vor den Hauptmann in den Saal gelassen, der ihn fragt: »Was begehrst du, das du mit drei Worten willst ausrichten?«

Antwortet der Landsknecht: »Geld oder Urlaub.«

Da lachet der Hauptmann und alle seine Gäst, und setzt ihm der Hauptmann ein Monat Sold vor bis zur Bezahlung.

16.

Von einem Schneider, dem sein Frau Fladen für Faden kauft

Ein alter karger Schneider hat ein schöne junge Frau, deren er zu keiner Zeit ein Schleck vergönnt. Und auf ein Zeit gab er ihr Geld, sie sollt Faden kaufen; es war eben nach Ostern, dass man die guten warmen Eierfladen feil hat. Und als das gut jung Weib für die guten neugebachnen Fladen hinging und sie ihr so wohl in die Nasen rochen, kam sie ein solcher großer Glust an, so dass sie ihr nit konnt abbrechen, und kauft um das Geld Fladen und trug sie nach Haus.

Der Mann ward zornig und sagt: »Ich hab dich geheißen Faden kaufen.« Und flucht ihr übel.

Die gut Frau sprach: »Ach mein lieber Hauswirt,

zürne nit so sehr! Es laut fast gleich Faden und Fladen; ich hab's fürwahr überhört.«

Der Mann schwieg still und ließ es so hingehn und kauft sich selbst Faden.

Es stand so an bis um den Herbst, dass der Mann wieder zu schaffen hat und gab seiner Frau Geld, sie sollt ihm Zwirn kaufen. Die Frau kam auf den Markt; da waren die schönsten Birnen feil, dass sie nit mocht vorbeigehn und kauft um das Geld Birnen.

Und als sie die heimbracht, ward der Mann abermals zornig und sprach: »Ich hab dich nit geheißen Birnen, sondern Zwirn kaufen.«

Die Frau sprach: »Lieber Hauswirt, ich hab fürwahr verstanden Birnen.«

Der Mann gedacht bei sich selbst: »Zwirn Birn, Zwirn Birn, es laut schier gleich«, und ließ es wieder so hingehn.

Es stand an bis um Sankt Martinstag, da schickt er das Weib abermals aus Netz zu kaufen. Die Frau gedacht: »Du hast dein Mann zweimal genarrt; was sich zweiet, das drittet sich gern«, und kauft ein Gans.

Und da sie die Gans nach Haus bracht, verwundert sich der Mann und sprach: »Frau, hab ich dich nit geheißen Netz zu kaufen?«

Die Frau sprach: »Ich hab's fürwahr überhört. Lautet es nit fast gleich?«

Der Mann sprach: »Nein, liebe Hausfrau; ich muss dir die Ohren auftun, auf dass du nicht gar taub werdest.« Und erwischt ein gut schwer Ellenmaß, schlug es ihr um den Kopf und sprach zu einem jeden Streich ein Wort: »Faden, Fladen, Zwirn, Birn, Netz, Gans« etc. und trieb das so lang, bis dass die Frau Mordio schrie und sagt: »O hör auf, lieber Mann! Die Ohren sind mir nunmehr wohl dünn worden; ich will nimmer misshören.«

So, was er ihr danach befahl zu kaufen, richt sie fleißig aus und ward nimmer irr in den Namen.

17.

Einer litt mit seiner Frau Lieb und Leid

Ein Schneider, ein gar zänkischer Mensch, welchem die Frau, wiewohl sie fromm und treu war, so konnt sie ihm doch nimmer recht tun; er war allweg mit ihr im Unfrieden, schlug und rauft sie stets. Deshalb die Obrigkeit darein sehen musst und legt ihn ein Zeit lang ins Gefängnis.

Und als man meint, er hätte nun wohl gebüßt, er sollt witzig werden und mit seinem Weib forthin freundlich leben, ließ man ihn wieder heraus. Er musst aber ein Eid schwören, das Weib nimmer zu schlagen, sondern sollt freundlich mit ihr leben, auch Lieb und Leid mit ihr leiden, wie es sich unter Eheleuten gebührt. Der Schneider schwor.

Als er nun ein Zeit lang friedlich mit ihr lebt, kam ihn

seine alte Weis wieder an, dass er mit ihr zankt. Er durft sie aber nit schlagen, darum wollt er sie bei dem Haar erwischen. Das Weib aber war ihm zu geschwind und entsprang. Da erwischt er die Scher und warf's ihr nach, jagt sie im Hof rum, und was er erwischt, warf er ihr nach. Wenn er sie traf, so lachet er, und wenn er sie verfehlt, flucht er. Das trieb er so lang, bis ihr die Nachbarn zu Hilf kamen.

Der Schneider ward wieder vor die Herren beschickt, die hielten ihm vor, ob er nit wüsst, was er geschworen hätt.

Antwortet der Schneider: »Liebe Herren, ich hab mein Eid gehalten; ich hab sie nit geschlagen, sondern, wie ihr mir befohlen habt, ich soll Lieb und Leid mit ihr leiden, das hab ich getan.«

Die Herren sagten: »Wie kann das sein? Sie führt doch ein große Klag.«

Er antwortet und sprach: »Ich hab sie nur ein wenig bei dem Haar wollen ziehen, so ist sie mir entwichen; da bin ich ihr nachgeeilt, hab nach ihr mit Bengeln und was ich erwischt hab geworfen. Wenn ich sie hab troffen, ist es mir lieb gewesen und ihr leid; wenn ich hab gefehlt, ist es ihr lieb gewesen und mir leid. So hab ich ihr Lieb und Leid mit ihr gelitten, wie ihr mir befohlen habt.«

Solch Fantasten findet man etwa, mit denen man ein ganz Jahr zu schaffen hätt, so man ihnen losete.

Die Herren geboten ihm, er sollt sie nit mehr schlagen, auch kein Lieb noch Leid in solcher Gestalt mehr mit ihr leiden, sondern lugen, dass das Weib kein Klag mehr über ihn führt, es würde ihm nimmer mit einem Scherz ausschlitzen.

18.

Von einem armen Edelmann, der Geld entlehnet hatt

Ein armer Edelmann hat von einer Gemeind in einem Dorf etlich Geld entlehnet und sich verbrieft, auch aller Schirm und Freiheit verzigen; wo er die Zins nit zu ihren Zielen erleget, sollt man Macht haben, auf ihn zu leisten oder ihn gefänglich anzunehmen.

Nun ließ er etlich Zins zusammenkommen, und was ihm die Bauern entboten, so gab er nichts darum, sodass sie zuletzt auf ihn leisten ließen. Aber ihm lag nichts daran; denn wenn sie schon lang leisteten, mussten sie die Kosten selbst zahlen. Sie konnten ihm nit viel nehmen, denn er hat nichts, so dass sie endlich zu Rottweil erlangten, wo sie ihn ergreifen möchten und er sie nit von Stund an augenblicklich zahlte, dass sie ihn ins Gefängnis legen möchten. Also fertigten sie ein Boten ab, der ihn suchen sollt, so lang bis er ihn fände, und kein länger Ziel sollt geben, sondern von Stund an Geld oder ins Gefängnis legen.

Der Bott ergreift den Edelmann in einem Dorf unter einem Scherer sitzend, der ließ sich den Bart scheren.

Und der Bott mit Ungestüm fuhr ihn an, wollt das Geld von ihm haben.

Der Edelmann sprach: »Tu gemach, ich will dich zahlen.«

Der Bott antwortet: »Ich hab den Befehl, euch nit von Hand zu lassen, sondern von Stund an das Geld von euch zu empfangen.«

Der Edelmann sprach: »Magst du warten, bis ich den Bart vollends abscher?«

Der Bott antwortet: »Das will ich tun.«

Da sagt der Edelmann zum Scherer: »Hör auf scheren!« und ließ so den halben Bart stehn.

Da sprach der Bott: »Junker, wollt ihr nit vollends abscheren?«

Der Edelmann sagt: »Nein! Du hast mir zugesagt zu warten, bis ich vollends geschoren hab; darum wart, so lang du willst, wirst nit erwarten, dass ich den Bart gar abscher; ich müsste dich sonst zahlen.«

Da sah der Bott, dass er betrogen war, lief eilends zu dem Schultheiß und wollt den Edelmann lassen gefänglich annehmen; in dem half ihm der Scherer davon.

Also wartet der Bott noch, bis er den Bart gar abschert, und wird den Bauern nichts. Darum ist es nit gut, wenn die Bauern den Edelleuten leihen; es ist das Widerspiel, die Edelleut sollen den Bauern leihen.

19.

Von einem Landfahrer, der Hundsthonier für Katzethonier den Kürschnern verkauft

Vor Zeiten, als man noch in aller Welt Paternoster trug und die Katzethonier in hohem Wert gehalten wurden, dass etlich Krämer und Landfahrer im Land umherzogen und mit den Katzethoniern hausierten (das heißt von Haus zu Haus lugten, wo sie möchten Geld bekommen), so war auch ein gut Gesell (ich acht, dass er auch zu Rüplingen gewesen war, wie man dann auch wohl schamper Knaben unter den Landfahrern findet), der kam gen Haarlem in Holland.

Als er schier die ganz Stadt ausgehausiert hatte und aber wenig Geld gelöst, hört er an den Gassen ungefähr im Vorbeigehn in einem Haus ein groß Geschrei und Jubilieren, gedacht: »Hie hinein musst; es wird etwas geben.«

Er tritt herein und fragt einen Aufträger, was das für Leut wären.

Welcher antwortet: »Das ist der Kürschner Trinkhaus, und sind allhie versammelt Weib und Mann, die ganze Zunft, wie dann ihr Brauch ist, dass sie zum Jahr ein Mal oder dreißig beieinander guter Dinge sind und hie zusammenkommen.«

So das der Krämer hört, gedacht er, würde nit viel schaffen und wäre gern mit Fug wieder hinausgewest, wusst aber nit wie. Also nahm er sich an, er wäre ein

Hofierer; denn er auch Meistergesang konnt, das sehr bei den Kürschnern im Brauch ist. Wie er nun ein Lied oder zwei gesungen hatt, zogen sie ihn zum Tisch, dass er bei ihnen säß und mitzechte. Da er nun auch ein Trunk überkam, hätt auch gern Geld gelöst, fürchtete doch, so er viel von Katzethoniern sagt, sie würden ihn die Stegen abwerfen, und fiel ihm ein, er wollt die Stein Hundzethonier heißen. Zog sein Kram hervor und zeigt ihnen schöne Paternoster von Katzethonier und sprach: »Liebe Herren, wer kauft schöne Hundzethonier?« Und sie gefielen ihnen so wohl, dass er etwa viel verkauft; und macht sich mit dem Geld davon, danket Gott, dass die Kürschner nit fast fragten, was Hundzethonier wären und er ungeschlagen davon kam.

20.

Von einem Mönch, der einer Tochter ein Dorn aus dem Fuß zog

Ein Barfüßermönch ging auf der Termenei, um Käs und Eier zu sammeln; der hat in einem Dorf sonderlichs Vertrauen bei einer alten reichen Bäuerin; sie gab ihm allweg mehr denn einem andern Mönch. Auf ein Zeit kam er wieder, Käs zu betteln; und als sie ihm ein Käs und die Ostereier gegeben hatt, fragt er: »Mutter, wo ist euer Tochter Gret, dass ich sie nit sehe?«

Die Mutter antwortet: »Ach, sie liegt da oben im Bett

und ist gar schwach; sie hat in ein Dorn getreten, davon ihr der Fuß sehr groß geschwollen ist.«

Der Mönch sprach: »Ich muss sie gehn besehen, ob ich ihr helfen könnte.«

Die Mutter sagt: »Ja, lieber Herr Tilman, so will ich euch dieweil ein Suppen machen.«

Der Mönch kam zu der Tochter und begriff ihr den Fuß mit dem Dorn, davon sich die Tochter ein wenig übel gehube; aber die Mutter meint, der Mönch arbeite sich so an dem Dorn und schrie der Tochter zu: »Leid dich, mein liebs Kind! So wird dir geholfen.« Als aber der Mönch fertig war, zog er die Stiegen wieder herab, nahm sein Sack und macht sich zum Haus aus.

Die Mutter sprach: »Esst zuvor die Supp!«

Der Mönch sprach: »Nein, es ist heut mein Fasttag.« Denn er dacht wohl, es wär nit lang Mist da zu machen.

Und als die Mutter zu der Tochter kam, befand sie, dass er anders mit ihr gehandelt hatt, denn den Dorn betraf, und nahm ein guten Bengel und wartet, wann der Mönch auf der andern Seiten des Dorfs wieder herauf käm. Und als sie ihn sah kommen, nahm sie den Bengel, hob ihn an ihren Rücken und in die ander Hand ein Käs und ruft dem Mönch: »Herr Tilman, kommt her, nehmt noch ein Käs!«

Aber der Mönch merkt den Bossen und sprach: »Nein, Mutter, es wär zu viel. Es ist nit der Brauch, man gibt nicht zweimal vor einer Tür.«

Also dräuet ihm die Bäuerin mit dem Bengel und

sprach: »Mönch, das lass dir gut sein, dass du nit vor mein Tür bist kommen! Ich wollt dir sonst des Dorns haben geben.«

Also trollt sich der Mönch davon und kam nit mehr in das Dorf, Käs zu sammeln; denn er gedacht wohl, die Mutter würd es ihm nit vergessen.

21.

Von einem ausgelaufnen Mönch, der mit der Schrift überwunden ward

Ein ausgelaufner Mönch kam auf die löblich Kunst der Druckerei, versprach sich, vier Jahr zu lernen; und als er ein kurze Zeit dabei war, zog er das Gasthütlein bald ab, so dass schier alles Geschwätz sein war; was man sagt, so wollt er's bass wissen denn die andern Gesellen, und sonderlich aus der Bibel und Testament; und alle Menschen betäubt er mit seinem Disputieren.

Wie aber der Brauch auf der Druckerei ist, dass man ein andern wohl kann vexieren, so war auch ein Setzer, der ein großer Vexator und ihm sehr wohl mit guten Schwänken war; der sprach auf ein Zeit zu dem Mönch: »Du treibst allweg viel Geschwätz mehr denn ander Gesellen, und bist doch nicht gegründet in der Schrift. Ist es dir gelegen, so will ich bis Sonntag, so wir nit dürfen arbeiten, ein kurze Disputation mit dir halten; doch so ferr, dass da nichts gehandelt werde denn mit der

Schrift, so dass sich ein jeder mit der Schrift behelf und wehre, und sollen die andern Gesellen zuhören und Richter sein.«

Der Mönch war wohl zufrieden, und sie versprachen so einander die Disputation.

Als nun der Sonntag kam und sie zusammensaßen, hatte sich der Mönch mit seiner Bibel, Testament und was er denn vermeint für Bücher ihm dazu dienstlich seien, versehen; der Setzer als ein großer Speivogel hatt sich in ein Sack getan etwa auf fünf oder sechs Pfund Buchstaben, welche man auch auf der Druckerei nit anders denn Schrift heißt oder nennt. Und als sie anfingen zu disputieren und der Mönch ihm viel höhere und größere Fragen, als er meint, aufgab und der Setzer ihm stets mit lachendem Mund spöttliche Antwort gab, sodass der Mönch verstand, dass er ihn vexiert (wie denn der Mönch Art ist, was sie dürfen denken, dürfen sie auch tun), wischt er auf und fiel dem Setzer ins Haar. Aber der Setzer war nicht faul und wischt mit seinem Sack hervor, darin die Schrift war und schlug sie dem Mönch um den Kopf und Lenden, wo er ihn treffen konnt, dass der Mönch Mordio schrie und die Gesellen ihm zu Hilf mussten kommen.

Also musst dieser Mönch den Spott zu den Streichen haben, und erkannten die Gesellen, dass der Setzer sollt gewonnen haben und der Mönch mit der Schrift überwunden wär. Also ward der Mönch danach ein wenig still; denn wenn er etwas anfing, drohten ihm die Gesellen mit der Schrift, sprechend: »Muss man wieder die Schrift empfindlich mit dir brauchen?«

22.

Von einem Bauern, der wachend schlief

Zwen Bauern waren gute Nachbarn und die Häuser zunächst aneinander; und an einem Morgen, doch nicht gar zu früh, kam der ein vor des andern Fenster und klopfet mit einem Finger daran. Aber der ander lag noch hinter dem Ofen in der Höll und mocht vor Faulheit nit aufstehn, und wie dieser so am Fenster klopft, schrie er mit lauter Stimm hervor und sprach: »Wer da?«

Der vor dem Fenster sprach: »Ich bin's. Nachbar Konrad, was tut ihr?«

Der im Bett gab ihm wieder Antwort: »Ich lieg hier und schlaf. Was wär euch lieb, Nachbar?«

Der vor dem Fenster sprach: »Wenn ihr nit schlieft, wollt ich euch um euren Wagen bitten; ich will aber schier, wenn ihr erwacht, wiederkommen.«

Solche einfältige Bauern findet man nit viel als dieser, der meint, wenn er noch im Bett läge, schlief er auch.

23.

Von einem Abenteurer zu Venedig, der sich stellt, als wäre er tot, damit er sein Hauszins zahlt

Zu Venedig ist der Brauch, wie fast an andern Orten oder in viel Städten auch, dass gewöhnlich Hauszins für alle ander Schuld müssen zahlt werden, und haben fast die Centelomen oder Edelleut die Häuser zu verleihen; denn man wohl ein Edelmann findet, der so viel Häuser hat und große Zins daraus aufhebt, dass er davon mag herrlich haushalten.

Es war aber ein Abenteurer, ein verdorbner Wirt, welcher zuvor manchen seltsamen Schwank gerissen hatte, der war in das viert Jahr in einem Haus gesessen und hatte noch nie kein Zins davon zahlt, sondern den Hausherrn oder Patronen allweg mit guten Worten und Bitten aufgehalten, bis so lang, dass er ihm zuletzt vor Gericht bieten und ließ viel Kosten darauf treiben, ihm [auch] auf die Presun oder Gefängnis dräuet.

Damit dieser verdorben Wirt wohl gedacht, es würde kein gut End nehmen; deshalb macht er ein solchen Anschlag mit seinem Weib, wessen sie sich halten sollt, wann der Hausherr wollt bezahlt sein. Und auf ein Tag, als er wohl wusst, dass er kommen würde, wartet er und sein Frau mit großem Fleiß darauf, und als sie den Centelomen mitsamt den Schergen sahen kommen, nachdem die Gass ziemlich lang war, dass sie ihn wohl sehen konnten, und schon das Haus mit Schergen um die Tür, ob er wollt entlaufen, bewacht war, hatt er mit seinem Weib diesen Anschlag gemacht, dass er sich in der Kammer auf die Erden an den Rücken niederlegt, und deckt sein Weib ein schwarz Tuch mit einem weißen Kreuz auf ihn, und zwei Lichter brennen zu ihm, eins zu Haupten und das ander zu den Füßen, aller Gestalt als ob er gestorben und ein Leich wäre.

Wie nun der Edelmann vor die Tür kam und klopft, und sich die Schergen verborgen hatten mit Befehl, sobald die Tür aufginge, sollten sie hernachdrücken und ihn gefänglich annehmen und in die Presun führen, als ihm aber die Frau auftat, war der Edelmann so erzürnt und begierig auf den Wirt, dass er mit der Frau nit viel Wort macht, sondern eilends die Stiegen hinaufdrang und die Schergen ihm geschwind nach.

Also lief ihnen die Frau auch behend nach, und mit großem Schreien, Klagen und Weinen stieß sie die Kammertür auf, da der Wirt innen lag auf der Erd, und schrie mit lauter Stimm: »O magnifica munsör, misericordia!« und sagt dem Centelomen, er wär an der Pestia oder Pestilenz gestorben.

Da das der Edelmann hört (denn sie die Pestilenz sehr übel fürchten), erschrak er samt seinen Schergen so übel, das er schier vor Angst zurück wär die Stiegen abgefallen, eilet aus dem Haus. Und als er heimkam, nahm er sein Register oder Schuldbuch, so über die Hauszins sagt, und vor Schrecken und Zorn so tat er's nicht, wie sonst der Brauch ist, mit einer Feder durch, sondern weil er an der Pestilenz war gestorben, war er seinem Namen so feind, dass er das ganz Blatt, darin alle Rechnung, die diesen Wirt betraf, aus dem Schuldbuch reißt und verbrennt.

Aber der Wirt und sein Frau säumten sich nit lang, sondern hatten ein andere Kammer bestanden und leerten ihm sein Haus, sodass dieser Centelom nit wusst, wo die Frau hin war kommen; denn er versah sich nit anders, denn der Mann wäre begraben.

Also bliebe es etwa lang anstehn, dass sich dieser Wirt nicht wohl durft lassen sehen; und doch zuletzt tat er sich wieder hervor. Und auf einmal begegnet er dem Edelmann auf dem Sankt Markus Platz. So er aber den ersieht, tut er geschwind das recht Aug hart zu und geht so fort sein Weg.

Der Edelmann stand still und sah ihm nach und sprach wieder sich selbst: »A la fe de diu (das ist zu deutsch: bei der Wahrheit Gottes), wenn dieser beide Augen hätte, so schwöre ich ein Eid, mein verlorner Schuldner wäre wieder vom Tod aufgestanden.«

Als er ihm aber zum öftern Mal begegnet ward, gewann der Edelmann zuletzt ein Argwohn und wundert sich je länger je mehr, dass ein Mann dem andern so gleich sollt sehen.

Und auf ein Zeit ging der Wirt aber für ihn, und stießen sie beide so kurz aufeinander, dass der Wirt hatt vergessen, das ein Aug zu zu tun. Dabei ihn der Edelmann ward erkennen und fiel ihm in sein Kapp und sprach: »Hei du Schalk, gehst du noch da, und ich meint, du wärest gestorben!« und schleift ihn mit sich heim und zeucht sein Schuldbuch hervor, will lugen, wieviel Zins er ihm schuldig ist. So kann er nichts darin finden und besann sich erst, das er's heraus hätte gezerrt. Also fragt er den Wirt, wie er ihm getan hätte; und als er's ihm erzählt hatte, musst er vor Zorn lachen und schenkt ihm die Schuld gleich gutwillig. Denn er gedacht doch wohl, er wird nit viel können nehmen, wo nichts wär, wiewohl doch dieser Wirt hernach wieder reich ist worden und noch in kurzen Jahren glaubhaftig gelebt hat.

24.

Von einem, der dem andern half sein Armut zu essen

Ein guter junger Gesell zog in den Krieg, verhofft auch einmal reich zu werden; und wie aber der Krieg nit lang währet, sondern, wie man sagt, ein Loch gewann und die Knecht geurlaubt wurden (als dann oft geschieht, dass ihrer viel ohn Geld wieder heimgeschickt werden), so geschah diesem guten Bruder auch.

Und wie er so bis heim garten oder betteln musst, kam er vor eines Bauern Haus, der saß eben über Tisch und aß mit seinem Gesind und Kindern zu Morgen. Also klopft ihm der Krieger an dem Fenster und begehrt ein Zehrpfennig, auf dass er mit Ehren möcht weiter kommen.

Der Bauer sprach: »Fürwahr, mein gut Gesell, ich hab nit viel Zehrpfennig hinwegzuschenken; das Geld ist in meinem Haus fast teuer. Willst du aber vergütet haben, so komm herein und iss mit mir, so gut ich's hab! So will ich mein Armut, die mir Gott beschert hat, gern mit dir teilen.«

Der Krieger hatt sehr großen Hunger und war froh, dass er zu essen kam, setzt sich an den Tisch und fraß die Armut allein schier gar.

Als er aber gessen und schier ein Hafen mit Milch ausgetrunken hatt (denn da war nit viel Wein), sagt er dem Bauern großen Dank und zog so davon. Und als er auf die Straß kam, gedacht er erst den Worten nach, dass ihn der Bauer über sein Armut geladen hätt und sie ihm so wohl hatt geschmeckt, und ward bei sich selbst lachen und sprach: »Ich besorg, ich werde lang an dieser Mahlzeit müssen kauen.« Also wenn er danach über lang gefragt wurde, wie es käme, dass er nit einmal reich würde, gab er allweg zu Antwort, er hätte einem Bauern sein Armut geholfen essen, da hätte er noch dran zu kauen; wenn die verkaut wäre, so hofft er, dennoch reich zu werden.

25.

Von einem Fuhrmann, der nit die recht Straß gefahren war

Ein Wirt (es soll im Elsass geschehen sein) nahm eines andern Wirts Tochter, ein hübsche schöne Jungfrau, als er meint. Und da er mit ihr zur Kirchen gangen war und auf zwen Monat oder ein wenig länger mit ihr hausgehalten, fing der guten jungen Frau an das Bäuchlein aufzugehen und zu schwellen, denn der Schad war lang davor geschehen. Also fing der gut Mann ein Argwohn zu gewinnen, dass die Zeit so kurz war, denn er hatt sie nit lang gehabt, es mocht's noch nit geben, dass der Bauch so groß sollt aufgehn.

Und auf ein Zeit, als er allein bei ihr war, sprach er zu ihr: »Maidlein, Maidlein, die Sach geht nit recht zu, dass dir der Bauch so bald groß wird. Ich merk, dass du dich übersehen hast. Darum wirst du mir die Wahrheit sagen, wie es ist zugangen; und wenn das nur kein Pfaff oder Mönch oder Jud hat getan, so will ich dir's verzeihen und beim nächsten lassen bleiben und dich bei Ehren behalten. Wo du aber läugnen willst und mir die recht Wahrheit nit willst sagen, so will ich dich von mir jagen und vor aller Welt zu Schanden bringen.«

Die gut jung Frau bedacht sich auch kurz und sprach: »Ach mein herzlieber Hauswirt, ich bitt dich um Gottes willen, du wollest mir's verzeihen. Ich will mich alle meine Lebtag desto besser halten und dir bei meiner

Treu die recht Wahrheit sagen!« Und sprach: »Es hat's fürwahr ein Fuhrmann getan, der ist in meines Vaters Haus zur Herberg gelegen.«

Der Mann sprach: »Hei, dass dich Gott schänd in den Fuhrmann hinein! Hast du so ein weite Straß und musst du eben meiner Frau, ich weiß nit wohin, fahren!« Und ließ es gleich so ein gute Sach sein.

Also blieb er und sie, auch ihr Vater und Mutter, bei Ehren, und ward ihr Schand nit ausgeschrien und den Leuten die Mäuler nit gefüllt. Es wär schier gut, dass mancher so tät. Man findet aber etlich Narren, wenn sie ihre Weiber genug schänden und in ihr eigen Nest scheißen, nehmen sie die dann wieder zu sich und setzen sich dann beide ins Bad.

26.

Von einem Mönch, der die Lutherischen mit einem Pantoffel wollt geworfen haben

In einer Stadt, im Etschland gelegen, war ein Observanzer-Mönch im Barfüßerkloster, welcher allweg ein groß Geschrei auf der Kanzel trieb und allen Menschen konnte, wie man sagt, ein Spettlin anhenken, und es verdross ihn sehr übel, wenn man nit zu seiner Predigt wollt gehen; deshalb ihm alle Menschen, die nicht zu seiner Predigt kamen, mussten lauterische Ketzer sein.

Es waren aber zwen ehrliche Bürger in der Stadt, welche von Unfalls wegen in Schaden kommen waren, so dass der ein auf der Fechtschul war um ein Aug kommen, der ander von einer Büchsen, die zersprungen war und ihm ein Schenkel hinweggeschlagen hatt, weshalb er auf einer Stelzen gehn musst.

Als nun dieser Mönch aber an die lauterischen Ketzer kam und sich sehr wild stellt, begab es sich, dass diese zwen von ungefähr auch in die Kirchen kamen, vielleicht, dass sie sein seltsame Weis hören wollten. Das merkt dieser Mönch, und sobald er sie sieht zu der Kirchtür hineingehn, fing er behend ein solche Materie an und sprach: »Liebe Freund, ihr seht, wie es ein Ding um die lauterischen Ketzer ist, dass sie sich von der Mutter, der heiligen christlichen Kirchen, und dem Heiligen Stuhl zu Rom haben abgeteilt und gesondert, welches der recht Leib und Körper des heiligen christlichen Glaubens ist und wir die Glieder. So wir uns nun von diesem Körper absondern und in die lauterisch Ketzerei fallen, so haben wir ja den Körper geschändet. Also nehmt ein Exempel: Wenn ein gesunder Mann um ein Schenkel kommt, ist nit sein ganzer Leib geschändet? Oder so ein schöner Mann ein Aug verliert, ist ihm nit sein ganz Angesicht verderbt? Darum, liebe Freund, geht der lauterischen Ketzerei müßig! Ich weiß wohl, dass ihrer etlich hierinnen sind, wiewohl sie es nit gestehn wollen.« Und mit diesen Worten zeucht er geschwind ein Pantoffel von seinem Fuß und spricht:

»Was gilt's, ich will ihrer dort einen treffen!« Und holt zum Wurf aus, als ob er wollt werfen.

Und da ein jeder fürchtete, er treffe ihn, duckten sich ihrer viel, und ward ein Gelächter in der Kirchen.

Also sprach der Mönch: »Ach dass Gott erbarme! Ich straf und lehre euch alle Tag; aber noch will es nichts erschießen, weil ich sehe, dass noch so viel lauterischer Ketzer hier sind.«

Also ließen sie den Mönch auf der Kanzel toben und wüten, und gingen alle Menschen aus der Kirchen nach Haus.

27.

Von einem, der Hering feil hat

Ein junger Kaufmann führt Hering aus Brabant in das Oberland. Wie er aber seiner Schanz nit wohl wahrnahm, oder die Hering sonst überführt wurden, oder er vielleicht mehr Acht hatte zu schönen Frauen denn zu seinem Handel, kann ich nit wissen, ja in summa, dass er ein merkliche Summe Geld auf dieselbig Reis verlorn hatt, so dass er schier nit wieder heim zuhaus durft kommen; und so in einem großen Trauern und Unmut zog er zu Fuß über Feld heimwärts.

Und auf der Straß traf er ungefähr ein gar übel gemacht und ungestalt Kruzifix an, stand also ein wenig still, den Herrgott anzuschauen, sein Elend und Verlust zu betrachten; zuletzt spricht er aus Einfalt oder aus großem Unmut, den er hatte: »Ach, du lieber Herrgott, wenn du auch Hering hättest feil gehabt, so könntest du nicht wohl übler sehen.«

28.

Von einem einfältigen Bauern

Ein einfältiger Bauer kam in ein Kirchen, und als er das Bild Christi darin geschnitzlet fand, mit viel Blutstropfen übermalt, als ob er gegeißelt wäre, und er ein groß Mitleiden mit unserm Herrgott hatte, betet er ein Vaterunser und sprach zuletzt: »Ach, lieber Herrgott, lass dir's ein Witzigung sein und komm nit mehr unter die schnöden bösen Juden!«

29.

Ein Stadtvogt trank Lauge für Branntwein

In einer Stadt im Schwabenland war ein Abenteurer, ein seltsamer Fatzmann; und wiewohl es nit seines Handwerks war, hatt er alle Morgen gebrannten Wein feil neben seiner andern War und hatte aber seinen Laden zunächst an der Kirchtüre. Und alle Morgen sammelten sich ein gute Bursch von Handwerksgesellen und Meistern und allerlei Volks bei seinem gebrannten Wein, so dass sie so mancherlei Geschwätz und neue Mären da ausrichteten. Und da die Pfaffen da aus und ein gingen, wurden sie auch etwa von ihnen gespeiet. Deshalb die Pfaffen verschufen, dass ihm durch die Obrigkeit verboten ward, auf keinen Sonntag mehr Branntwein feil zu haben.

Dies hielt er nit lang, sondern fing allgemach wieder an, den Laden am Sonntag aufzutun. Deshalb ihm der Vogt oft dräuet, er wollt ihm die Gläser samt dem Branntwein nehmen.

Da dieser obgemelte Abenteurer das vernahm, rüstet er ein groß Glas zu mit Laugen und ein wenig Safran, oder was er dann darunter tat, weiß ich nit, in summa, dass es aller Gestalt einem Branntwein gleich sah, und stellt das auf ein Sonntag auf den Laden.

Solches ward dem Stadtvogt durch seiner Diener einen von Stund an zu wissen getan. Also eilte der Vogt in einem großen Zorn mitsamt seinen Dienern dem Branntwein zu. Als ihn aber der Abenteurer von fern sah kommen, tat er alle andern Gläser und Schüsseln hinweg und ließ das Glas mit dem gemachten Trunk stehn. Und da der Vogt zu ihm kam, fuhr er ihn mit zornigen Worten an, aber der Branntweinmann stellt sich einfältig, als ob er erschrocken wäre. In dem erwischt des Vogts Diener das Glas und meint, er hätte ein Beut geholt.

Als aber der Vogt samt seinen Knechten nach Haus kamen, brachten sie ein große Schüssel hervor und schütten den Branntwein darein und seihten Zucker darauf und vermeinten, ein gute gebrannte Suppen zu essen. Wie aber der Vogt als der Herr den ersten Bissen aß und die Knecht geschwind hintnach, sah einer den andern an und ward ein groß Ausspeien und Fluchen unter ihnen. Wie sie aber recht lugten, was in dem Glas war, so fanden sie, dass es ein alte Laugen war.

Also schickt der Vogt zwen Diener hinfür, sie sollten den Schalk fangen; aber er hatte sich hinweggemacht.

Morgens verklagt ihn der Vogt vor den Herren; also ward nach ihm geschickt und ihm Geleit geben. Da er vor die Herren kam, sagten die Herren: »Sag an, du Schalk, wie darfst du einem solchen ehrlichen Mann einen solch wüsten Trunk für Branntwein geben?«

Er antwortet und sprach: »Gnädige Herren, ich habe ihm den Trunk nit geben, sondern er hat mir das mit Gewalt genommen. Hätte er von mir einen guten Branntwein geheischet, ich wollt ihm wohl ein haben geben. Denn das Glas, so er mir genommen hat, ist nur so ein Schaufall, dass man seh, dass ich Branntwein feil hab, auch wo es mir zerbrochen würde, dass mir nit ein großer Schad geschehe.«

Also hießen die Herren den Abenteurer heimgehn, bis dass man wieder nach ihm schickt, und hat der Vogt samt seinen Knechten den Schleck versucht.

30.

Von zwei bösen Nachbarn

Zwen Nachbarn, welche allweg miteinander zankten, kamen vor den Bürgermeister einer kleinen Ursach halb, ob es vielleicht um ein Henn oder Enten zu tun wär. Und hatten beide viel großer Klag, so dass sie den Bürgermeister schier taub machten und er ihrem Geschwätz nimmer mocht zuhören, gab er ihnen gar ein kurzen Bescheid.

Der ein war aber insonderheit ein neidige Hadermetz, wie man ihrer wohl mehr findet; und da er sah, dass der Bürgermeister seinem Nachbarn nit ein sundere Sau gab oder Geldstraf auflegt, ward er so hart ergrimmt, dass er nit wusste, was er vor Zorn sagen sollt, und sprach: »Herr Bürgermeister, noch ein bös Stück weiß ich von ihm: Er ist ein Wiedertäufer.«

Der ander sprach: »Gnädiger Herr, er lügt in sein Hals; er ist selbst einer und hat mich auch gewollt dazu bringen«, und tat dazu ein großen Schwur oder vier und sprach: »Wenn es nit vor dem Herr Bürgermeister wäre, ich wollt dir den Kopf zerschlagen.«

Der Bürgermeister war froh, dass er ihrer abkam, und sprach: »Geht hin, liebe Freund, und vertragt euch selbst miteinander! Denn ich sehe wohl an eurer schweren und neidigen Nachbarschaft, dass ihr beide kein Wiedertäufer seid; ich glaub nit, dass euer einer, so er an ein Backen geschlagen wird, dass er den andern auch darhielte.«

Also kann ein Herr nit bass mit solchen zänkischen Leuten davon kommen, denn kurz abgewiesen und sich selbst lassen vertragen.

31.

Von zwei Rosstauschern, die Schelmen tauschten

Zu Frankfurt in der Mess kamen zwen Rosstauscher zusammen in einer Herberg, die einander wohl kannten und zuvor zu viel Malen miteinander Ross getauscht und einander abkauft hatten. Es war aber der ein ein Tag vor dem andern in die Herberg kommen, und war ihm sein Pferd gestorben und von Unmuß des Schinders oder Wasenmeisters noch nit ausgeführt, lag noch in einem besondern Nebenstall so tot.

Wie nun der ander auch auf den Abend spät in die Herberg kam und man schon zum Nachtessen zu Tisch gesessen war, dass ihm nit Zeit ward, in die Ställ zu lugen, wie ihr Brauch ist, was für Pferd darinnen ständen, sondern ward von Stund an zum Tisch berieft zum Nachtessen; und als er den andern am Tisch sieht sitzen und sie einander gegrüßt hatten, fragt der, der zuerst kommen war: »Haben wir nichts zu tauschen?«

Der ander antwortet: »Ja, ich hab wohl Schelmen zu tauschen.«

Dieser sprach: »Ich bin zufrieden, ich will dich wohl wehren mit einem Schelmen.« Denn er hatt ein Ross, das hinkte an allen Vieren und war an einem Aug blind und unter dem Sattel geschunden; in summa, er meint nit, dass er ein größeren Schelmen finden möcht, und sprach: »Es gelt wohl, welcher den größten Schelmen hatt, der hab gewonnen?«

Nun saßen ander gut ehrlich Kaufleut und Fuhrleut auch am Tisch, die reden auch dazu, wie man dann tut, und ward der Tausch so beschlossen, dass der mit dem größten Schelmen sollt gewonnen haben, und sollt der ander das Gloch bezahlen, als, was die Kaufleut und alle, so am Tisch saßen, verzehrten.

Als man nun gessen hatt und der Tisch aufgehoben ward, gingen sie in den Stall, zu besehen, welcher gewonnen hätte. Da fand der erst sein Ross in der Streu liegen, und hatte alle Viere von sich gestreckt und war unter dem Sattel geschunden und hatt den Wurm; in summa, es war ein Schelm an allen Vieren, dass es alle, so dabei waren, für ein Schelmen genugsam erkannten, und dieser meint, er hätte gewonnen.

Aber der ander sprach: »Mir nit so! Geht her mit mir, ich will euch ein Schelmen weisen, das ein Schelm heißt.« Und führt sie in ein Nebenstall; da lag sein Pferd jetzt bis an den vierten Tag tot und fing schon an zu stinken.

Da das die ehrbar Leut sahen und schmeckten, wollt ihrer keiner hinzu, sondern die fingen ein groß Gelächter an, und erkannten, dass der mit dem toten Ross sollt gewonnen haben, und musst der ander das Gloch bezahlen.

32.

Von einem, der ein ehrlichs Erbieten an die Herrn tat, er wäre sonst gehenkt worden

Ein unnützer nasser Vogel, als man denn solche Gesellen pflegt zu heißen oder nennen, welcher zu viel Malen um kleine Diebstähl in dem Gefängnis gelegen war, doch sich alle Mal ausgeredet hatte, dass er allweg davon käme, aber doch zuletzt das so viel trieb, dass er nimmer erlitten mocht werden. Deshalb er wieder gefangen ward, und rochen die Sachen so zusammen, dass er mit kaiserlichem Recht zum Tod verurteilt ward, dass man ihn sollt henken.

Da ihm aber die Herren das Urteil brachten, wie man dann tut, ein Tag oder drei davor, ehe dass man ihn abtat, damit er sich könnt darein schicken, und da er vernahm, dass man ihn sollt henken, stellt er sich so seltsam und gräuslich, dass sich die Herren verwunderten.

Und da er lang mit viel Worten sich des Urteils gewidert und angezeiget, wie es ihm gar nit anzunehmen wäre, denn es wär ihm zu streng, er könnt's nit erleiden, in summa sprach er: »Ich würde das Urteil nit annehmen, Gott gebe, was ihr macht, so würde ich's nit tun. Aber so will ich ihm tun, damit ihr, meine Herrn, seht, dass ich selbst nichts Unbilligs begehren will, tut eins und schneidet mir beide Ohren ab und hauet mich mit Ruten aus, und ich will euch noch zehn Gulden dazu geben. Ist das nicht ein ehrbars und ehrlichs Erbieten?«

Des ehrlichen Erbietens mussten die Herren lachen, brachten es so wieder hinter sich an ihren Oberherrn. Also wurden sie zu Rat und kamen seinem ehrlichen Erbieten nach und sagten ihm, wo er wieder käme, so müsste er den Galgen umreißen oder daran erwürgen. Also kam er nimmermehr.

33.

Von einem Kaufmann, der sein Lebtag nie hatt länger Ellen gesehen

In der Zeit, als der teure Franz von Sickingen löblicher Gedächtnis mit denen von Worms Krieg führte, weshalb es etlicher Maß sorglich auf dem Rhein zu fahren war, entschlossen sich etlich Kaufleut von Antdorf und Köln, dass sie ihre Güter auf der Achs ein andere Straß auf Frankfurt in die Mess wollten lassen gehn und auch selbst mitreiten und allweg dabei bleiben, und als viel, als wären sie Geleitsleut.

Es waren aber etlich gute Schlucker, die sich des Stegreifs dazumal ernährten (Gott sei Lob, dass es nimmer geschieht); denen waren diese Kaufleut verkundschaftet; die trafen diese Kaufherren an einem gelegenen Ort nit weit von Frankfurt an, und wie dann ihr Brauch ist, fuhren sie die Kaufleut mit einer solchen Ungestüme an, dass ihrer etlich davon entritten, etlich fingen und banden sie. Und so in ihrem Beisein hauen sie die Wägen auf, und was ihnen gefiel, das nahmen sie. Als sie aber an die Tücher, Sammet, Taffet, Atlas und Damast kamen und zerhauen und die mit ihren Reisspießen ausmaßen und untereinander teilten, grinnen etlich Kaufherren; aber sie spotteten ihrer daran.

Zuletzt kam es auch an einen, der gedacht: »Was willst daraus machen? Du kannst ihm nit tun; lass es gleich gehn, wie Gott will!«

Und da sie sein Seiden und Tuch oder Barchent so mit den Spießen ausmaßen, stand er und lacht, dass er sich schüttelt, des sich die Reiter sehr verwunderten. Und als sie ihn fragten, was er so lacht, sprach er: »Ich muss lachen; denn ich hab Kaufmannschaft all mein Tag von Kind auf gebraucht und so manchen Markt und Mess in Deutsch- und Welschland besucht, auch zu Paris, da doch ein lange Ellen ist, aber all mein Tag hab ich länger ein nit gesehen, denn ihr da braucht. Ich glaub, wenn ihr auf einen Markt kämet und solch gut Maß gebt, ihr würdet euer War bald vertrieben haben.«

Aus diesen guten Schwankreden mussten die Reiter lachen, und sprach einer unter ihnen: »Ich glaub, dass du auch ein gut Gesell seiest.«

Und wurden rätig, dass sie ihm sein War allesamt wieder schenkten, und machten sie sich mit dem Übrigen davon; denn in solchen Handeln ist nit langer Mist zu machen.

34.

Von einem Pfaffen, der sich erbot, seinen Untertanen das Sakrament in dreierlei Gestalt zu geben

Ein armer ungelehrter Pfaff stellt einer guten reichen Pfarr nach, denn er hört, wie sie so viel Einkommen hätte, weshalb sie ihm so wohl gefiel. Es war ihm nit um das Schäfleinweiden zu tun, sondern er verhofft, viel Geld darauf zu bekommen. Und als er nun viel und oft darum gebeten und gelaufen hatte, ward er von den Bauern auf ein Sonntag beschieden, so wollten sie mit ihm handeln und auf die Pfarr annehmen.

Da nun derselbig Sonntag kam, erschien der Pfaff vor dem Schultheiß und ganzen Gericht im Beisein des Amtmanns. Und als nun alle Ding waren bestellt, was er sollt zu Lohn haben, als Behausung, den kleinen Zehnten und etlich Viertel Früchte als Roggen, Weizen, Gersten, Habern, Wein und Geld, dessen der Pfaff sehr wohl zufrieden war, abgeredet und beschlossen war, nahm ihn der Schultheiß auf ein Ort und sagt ihm insgeheim: »Lieber Herr Pfarrer, nachdem ihr bisher im Papsttum euch habt gehalten, sollt ihr wissen, dass es in diesem Dorf ein andere Gestalt hat, denn wir sind hier gut eigenwillisch. Darum müsst ihr uns das Sakrament in zweierlei Gestalt reichen, nämlich in Brot und Wein.«

Der gut Pfarrer fürchtet, wo er sich dessen weigert, die Bauern gäben ihm wieder Urlaub. Deshalb war er gutwillig und sprach zu dem Schultheiß: »Das will ich gern tun. Damit ihr sollt sehen, dass ich's treulich und gut mit euch meine, so will ich's euch in dreierlei Gestalt geben, nämlich in Brot und Wein und dem Käs dazu.«

Das gefiel dem Schultheißen gar wohl, und er sagt, er wollt es an seine Bauern hinterbringen, ob sie sich damit wollten lassen genügen.

35.

Von einem Fackinen, der sich stellt, als könnt er nicht reden, und damit einer großen Straf entging

Zu Venedig ist der Brauch, nachdem dass nit Pferd und Karren da sind, und fast alle Ding aus einem Haus ins ander oder von einem Platz zu dem andern getragen werden müssen. Es hat aber viel und auf allen Plätzen gute arme Gesellen, die man Fackinen nennt, dass oft einer zwen deutsch Zentner und mehr tragen mag, und wird ihnen oft mancherlei seltsam Ding aufgelegt zu tragen. Also trug dieser gut arm Fackin auch ein Hausrat, darunter dann etwas, ich weiß nit, ob es ein Spieß, Dreifuß oder Brunnhacken war; und wie ihr Brauch, nachdem dann die Gassen sehr eng sind, dass sie schreien: »Warda, warda!« Das ist auf deutsch: Weichet, oder schonent euer, oder wie die Schwaben sprechen: Aufsehen! Wie nun dieser gut Fackin sehr schwer geladen hatte, schrie er zum öfter Mal und aneinander: »Warda, warda«, was er schreien mocht.

Es war aber ein hochmütiger Centelomen, welcher vor Hoffart meint, der Fackin sollt ihm weichen; und sie kamen so nah zusammen, dass der Fackin dem Edelmann in einem Ärmel mit vorgemeltem Eisen behing. Darum der Edelmann so sehr erzürnet, dass er von Stund an den Fackinen ließ in die Prison legen; und als dann die Edelleut große Gewalt haben, vermeint er, ihm auf morgen ein Stropacorda lassen zu geben.

Wie er ihn aber morgens vor dem Offizial oder Gericht verklagt, da war ein Redner, den erbarmt der gut arm Fackin, und bat die Herrn, man sollt ihn dem armen Gesellen lassen das Wort tun.

Da es ihm zugelassen ward, nahm er den Fackinen auf ein Ort und sagt zu ihm: »Wenn du vor das Gericht kommst, so stell dich aller Gestalt, als könnst du nit reden, und lass beileib kein Wort aus dir bringen, so man dir schon dräuet zu schlagen! Lass mich machen!«

Der Fackin tat, wie ihn der Fürsprech hieß, und als er vor die Herrn kam, konnt man kein Wort aus ihm bringen, sondern er stellt sich, als ob er nit reden könnt oder ein Narr wäre.

Da sprach der Fürsprech: »Liebe Herrn, was soll ich aus ihm machen? Er kann nicht reden noch mir berichten, was ich von seinetwegen reden soll.«

Da das der Edelmann hört, sprach er mit zornigen Worten: »Hei, du Schalk, kannst du jetzund nit reden, und nächtens schreist in die Gassen, als wärest du unsinnig: warda, warda!«

Da das die Herrn hörten, sprachen sie: »Hat er so geschrien, warum seid ihr nit aus dem Weg gangen?« und spotteten des Centelomen.

36.

Von einem, der einen Fürsprech überlistet, und hatt ihn der Fürsprech das selbst gelehrt

Einer ward vor dem Gericht um ein Sach angesprochen, des er sich wohl versah, er würd ohn Geld nicht davonkommen. Das klagt er einem Fürsprech oder Redner.

Der sprach zu ihm: »Ich will dir zusagen, dir aus der Sach zu helfen, und dich ohn alle Kosten und Schaden davonbringen, sofern du mir willst vier Gulden zum Lohn für mein Arbeit geben.«

Dieser war zufrieden und versprach ihm die vier Gulden, sofern er ihm aus der Sach hülfe, zu geben.

Also gab er ihm den Rat, wenn er mit ihm vor das Gericht käme, so sollt er kein ander Antwort geben, Gott geb, was man ihn fragt oder schilt, denn das einzig Wort »Bläh«.

Da sie nun vor das Gericht kamen und viel auf diesen geklagt ward, konnt man kein ander Wort aus ihm bringen denn »Bläh«. Also lachten die Herren und sagten zu seinem Fürsprech: »Was wollt ihr von seinetwegen antworten?«

Sprach der Fürsprech: »Ich kann nichts für ihn reden, denn er ist ein Narr und kann mir auch nichts berichten, das ich reden soll. Es ist nichts mit ihm anzufangen. Er soll billig für ein Narren gehalten und ledig gelassen werden.«

Also wurden die Herren zu Rat und ließen ihn ledig.

Danach heischte von ihm der Fürsprech die vier Gulden.

Da sprach dieser: »Bläh.«

Der Fürsprech sprach: »Du wirst mir das nit abblähen; ich will mein Geld haben«, und entbot ihn vor das Gericht. Und als sie beide vor dem Gericht standen, sagt dieser allweg: »Bläh.«

Da sprachen die Herren zum Fürsprech: »Was macht ihr mit dem Narren? Wisst ihr nit, dass er nit reden kann?«

Also musst der Redner das Wort »Bläh« für seine vier Gulden zum Lohn haben, und traf Untreu ihren eigenen Herrn.

37.

Woher es kommt, dass man spricht: ›Ei du armer Teufel‹, und hinwiederum: ›Das ist eben des Teufels Dank‹

Es war ein guter einfältiger Mann, der kam in eine Kirche, da stand das Bild Christi gemalt auf das Schönst;

dem zündet er ein Lichtlein oder ein Wachskerzlein an und betet davor. Und wie er so umher ging, die Kirchen zu beschauen, denn er zuvor nie darinnen gewesen war, so findet er den Teufel auf das Allerscheußlichst in einem finstern Winkel auch gemalt, dass er gleich ab ihm erschrak, und so unbedachter Weise sprach er: »Ei du armer Teufel, wie stehst du doch so ärmlich! Ich will dir recht auch ein Licht anzünden.«

Nit lang danach träumt diesem guten Mann, wie ihm der Teufel in einem Wald begegnet und spricht: »Guter Freund, du hast mir zunächst ein Licht angezündet; darum ist billig, dass ich dir auch Widergeltung tue und dir ein Ehr beweise. Darum so komme her mit mir, so will ich dir ein Ort zeigen, da ein großer Schatz begraben liegt. Den sollst du ausgraben und von meinetwegen verzehren.«

Und führt ihn mit diesen Worten zu einem hohlen Baum und sprach: »Gang heim und hol Pickel, Schaufel und Haue, damit du ihn ausgräbst!«

Den guten Mann deucht im Schlaf, wie er spräch: »Ja, ich werd aber diesen Baum nit wieder können finden.«

Der Teufel sprach: »Scheiß dazu, so wirst du ihn bei demselben wieder finden.«

Der Mann folgt dem Teufel und vermeint, er schiss zu dem Baum.

Und da er erwacht, hatt er in das Bett geschissen und lag im Dreck; derhalb ihm die Frau ward übel fluchen, denn sie das Bett wieder musst waschen. Da sprach dieser fromme Mann: »Das ist eben des Teufels Dank!« und sagt seiner Frau, wie es ihm ergangen wäre; die spottet erst sein dazu.

38.

Von einem Pfaffen, der nit wollt leiden, dass seine Bauern einander hießen lügen, sondern so einer etwa nit die Wahrheit sagt, sollt der ander nur mit dem Maul wispeln oder pfeifen, damit dieser selbst merke, dass er danebengeredet hätte

Ein Pfarrer in einem Dorf predigt auf ein Zeit seinen Bauern gar heftig wider ihr unzüchtig Leben, dass sie sich so voll soffen: »Denn aus dem Zutrinken kommt dann, dass ihr einander heißet lügen, danach so schlaget ihr einander und geratet etwa zu einem Totschlag. Das kommt dann alles aus dem, dass ihr einander so freventlich heißet lügen. Darum will ich euch gewarnt und gebeten haben, ihr wollet euch um euer Seelenheil willen davor hüten und abstehn. Wenn aber es sich etwa begibt, dass etwa einer ein Unwahrheit sagt, so mag der nächst bei ihm etwa mit dem Maul pfeifen, auf dass der ander merke, dass er danebengeredet hat, und davon absteht. Das wär fein und brüderlich.«

Wie er nun der Predigten so viel macht, fingen die Bauern sich an zu bessern.

Und nit lang danach kam dem Pfarrer die Materie zu

predigen, wie Gott im Anfang alle Ding hätte geschaffen. Also bedacht er sich auch nit weiter (denn er vielleicht die Nacht davor auch fast nit darauf studiert hatt), hub an und sagt, wie Gott der Herr den Adam anfänglich, da noch kein Mensch noch Kreatur auf Erden wäre gewesen, aus einem Lehmklotzen geschaffen hätt und ihn an ein Zaun gelehnt, bis er die Eva aus seiner Ripp gemacht hätte.

Also hub der nächst Bauer, so bei ihm stand, an und pfiff.

Das merket der Pfaff und sah ihn an und sprach: »Wie ich mein, meinst du, ich lüge.«

Der Bauer sagt: »Nein, mein Herr. Ich wollt aber gern wissen, wer den Zaun gemacht hat.«

Der Pfaff sprach: »Da lass ich ihn um sorgen; vielleicht ist er so behend und schnell gewachsen.«

Danach lag dem Pfaffen nichts mehr daran, ob die Bauern logen oder nit, dieweil sie ihm auch konnten pfeifen.

39.

Von einem einfältigen Bauern, der da beichtet und konnt nit beten

Ein einfältiger Bauer beicht einem Pfaffen, und als er schier alle seine böse Stück erzählt hatt, als nämlich, wo er sah ein andern zwen rote Nestel in den Hut ziehen, so zog er allweg drei darein, und beim Tanz lugt er allweg, dass ihm die hübscheste Metz aufzuziehen ward, und so ihm das geriet, lugt er allweg, dass er höher denn ein anderer sprang, und solche schwere Sünden bekannt er ihm viel.

Da sprach der Pfaff zu ihm: »Kannst du auch beten?«

Der Bauer sprach: »Nein.«

Der Pfaff sprach: »Du musst es lernen.«

Der Bauer sagt: »Ich kann's nit lernen, ich hab's oft versucht.«

»Wohlan«, sprach der Pfaff, »so geb ich dir zur Buß, dass du ein ganz Jahr lang all Tag wollest sprechen: ›O du Lamm Gottes, erbarm dich über mich!‹ Und wenn du das in einem Jahr lernest, so will ich dich danach mehr lehren.«

Der Bauer sagt: »Ich will's tun.« Also war er absolviert.

Da er nun die Buß anhob zu beten, sprach er allweg: »Du Lamm Gottes, erbarm dich mein!«, bis um Sankt Johannstag, da sprach er danach: »O du Schaf Gottes, erbarme dich mein!« Und da es weiter ins Jahr hineinkam bis auf den Herbst, sprach er: »O du Hammel Gottes, erbarme dich mein!«

Auf das ander Jahr in der Fasten kam er wieder zu dem Pfaffen, seinem Pfarrer; der fragt ihn, ob er auch seine Buß hätte gebetet, die er ihm hätte aufgesetzt.

Der Bauer sagt ihm, wie er die Namen dem Jahr nach verwandelt hätte.

Der Pfaff sprach: »Warum hast du es getan?«

Der Bauer sagt: »Ist es nit zum ersten ein Lamm und danach ein Schaf und zuletzt ein Hammel?«

Da lacht der Pfaff und gedacht: »Hat dich bisher niemand können lehren beten, so will ich's auch nit unterstehn.« Und ließ ihn gleich so beten, was er wollt.

Es steht auch wohl darauf, der Bauer sollt frömmer sein gewesen denn der Pfarrer.

40.

Wie ein Landsknecht mit seinem Wohlspringen um ein schönes Maidlein kam und musst die Nacht neben einer Säustiegen über Nacht liegen

Es haben die frommen Landsknecht, Gott verzeih mir's, einen Brauch im Land und sonderlich im Land zu Schwaben und auf dem Schwarzwald, dass sie zur Winterszeit auf der Gart umziehen, stürmen die armen Bauern um Speis, Brot, Eier, Salz und Schmalz. Da muss mancher armer Mann geben, es sei ihm lieb oder leid, wiewohl sie niemand zwingen, bitten sie aber oft mit solchen schimpflichen Worten, dass sie ihnen mit Willen geben; denn sie fürchten ihrer Scheuren und Ställ.

Es haben aber gemelte Landsknecht ein Gemerk, wo sie ihre Herbergen nachts haben, da malen sie an die Stubentüre burgundische Kreuz mit Ästen; wo dann einer der schlecht frommen Gartbrüder in ein Stuben kommt und findet dies Zeichen an einer Wand oder Türe stehn, begehrt er gar nicht, sondern wendet sich mit guten Worten wieder zurück und sagt: »Hei, ich sehe wohl, das ist ein Landsknechtherberg. Habt mir nicht zu ungut!«

Kommt aber einer auf die Nacht, so hat er auch die Freiheit vom Papst (also wenig), darf er nit lang um Herberg bitten; der Hausvater weiß Bescheid, muss ihm Herberg geben nach Vermög ihrer Privilegia.

Nun es begab sich auf dem Wald, dass auch ein guter junger Landsknecht, so noch nit gar wohl studiert hatt, im großen Hunger und Armut sich musst der Gart behelfen. Der kam in eines reichen Bauern Hof, sprach ihn um Lieferung an.

Der Bauer saß fern von den Leuten auf dem Wald, hatt nit mehr denn ein einzige Nachbarin, die war ein Wittfrau, die hat ein schöne Tochter, züchtig und fromm; die wusst auch samt ihrer Mutter diese Knaben zu herbergen. Das wusst der Bauer auch an ihnen beiden, darum sagt er zu dem Gartknecht: »Lieber Kriegsmann, ich habe sehr viel Kind und Gesind; darum weiß ich dich auf diesmal nit zu halten. Hie hast du Geld, damit du ein Maß Wein magst bezahlen; das nimm zu gut und gang in das Haus, so du dort siehst! Da wirst du ohn Zweifel gut Herberg bekommen; du magst dich auch so fein und geschickt halten, du magst ein Erb und Besitzer des Haus und Hofs werden.«

Der gut Hach, so noch nit mit dem Teufel zur Schulen gangen war, glaubt dem Bauern seiner Wort, kam zu der Wittfrauen und sprach sie um Herberg an.

Die gut Frau sagt ihm Herberg zu mit dem Geding, wo er sein eigen Brot hätte.

»Ja«, sagt der Landsknecht, »auf diese Nacht hab ich Brot für unser Drei.«

Also wurden sie der Sachen eins, saßen zu Tisch. In dem aber die Tochter zum Tisch kam, sah sie der gut Gesell ganz freundlich an. »Ach«, sagt er, »wär doch ein Weinschenk vorhanden! Ich hätt noch ein paar Maß Wein zu bezahlen.«

Die Mutter aber sagt: »Lieber mein Sohn, hast du Lust, Wein zu bezahlen, mein Nachbar auf dem Hof hat noch guten Wein um Geld zu verkaufen; denn er auch bisweilen Gäst über Nacht um Geld beherbergt. Darum willst du so mild sein und ein Maß Wein kaufen, so wollen ich und mein Tochter auch eine bezahlen; sodann will ich uns gute schwäbische Zelten dazu bachen.«

Der gut Bruder Veit meinet, die Glock wäre schon geformt; sein Beutel musst sich ergeben; darin fand er mit aller Marter Geld für zwo Kannen Wein. Die Jung lief bald aus nach Wein; die Alte buk Zelten; in summa, sie saßen zusammen, waren leichtsinnig.

Als nun die Alt meint, die Zeit wär vorhanden, sagt sie: »Mein lieber Sohn, ich will dir nicht verbergen, ich und mein Tochter sind allein in diesem Haus, haben nit mehr denn zwei Bett. Nun kann ich dich als einen milden Ausgeber nit allein liegen lassen; darum wollen wir drei miteinander springen. Welche zwei dann am weitesten das Ziel erreichen, die sollen diese Nacht beieinander schlafen.«

Der gut Kerle war der Sachen wohl content; denn er meinet, wie dann auch geschah, die Jung würd bass denn die Alt springen mögen. Sie wurden der Sach zufrieden. Die Alt legt das Ziel weit vor das Haus hinaus; sie tat auch den ersten Sprung und sprang gar ein wenig hinaus. Demnach sprang die Tochter und tat gar ein tapfern Sprung; des freuet sich der Landsknecht auch; er meinet, der Tochter tapfer zuzuspringen, damit sie zwei zusammenkämen. Also der Landsknecht mit großen Freuden aller seiner Armut vergessen, sprang gar weit über das Ziel hinaus. In dem schlossen die Mutter und Tochter die Türen vor ihm zu, boten ihm sein Halbspießlein zu einem Schlitzfenster hinaus, sagten: »Ho, ho, du bist gar zu weit über das Ziel gesprungen.« Der gut arm Tropf hat sein Geld, Müh, Arbeit und Kosten umsonst gehabt; wollt er die Nacht nit im Regen liegen, musst er sich unter einer Säustiegen oder Säustall behelfen.

Des Morgens kam er wieder zu dem Bauern, so ihm die Herberg gewiesen hat; der fragt ihn, wie ihm gelungen wäre. Er sagt ihm Anfang, Mittel und Ende. Also hat er ihn einmal zu Gast, weist ihn danach weiter, warnet ihn auch vor solchen starken Sprüngen, damit er nit über das Ziel sprang.

41.

Von einem Fuhrmann, welcher einem Pfarrherrn nit hundert Ostgoten führen wollt

Gut, einfältig, fromm Leut findet man noch in aller Welt, aber meines Bedenkens wenig unter den Fuhrleuten, wie dieser Fuhrmann auch gewesen ist. Es fügt sich, dass ein Fuhrmann über Land rollet mit einem leeren Wagen; der kam vor ein Kloster, welches einzig im Feld lag, darin hat er etlich Brief zu liefern. Als er nun die Brief überantwortet, befahl der Abt im Kloster, man sollt ihn heißen ausspannen, die Pferd in Stall führen und füttern, unterdessen möcht er auch essen. Dies nahm der gut Roller mit großem Dank an, versah sein Gäul und saß demnach zu den Konventbrüdern nieder, hat einen guten Mut, zecht sich sein Haut voll; denn er gedacht wohl, die Ürten wär schon bezahlt, wie denn in den Klöstern Gewohnheit ist.

Nun war ein alter Brauch in dem Kloster, dass sie im ganzen Land auf sechs oder acht Meil alle Pfarren mit Ostgoten versahen. Zu der Zeit war eben auch ein Pfarrherr von einem Dorf, so auf drei oder vier Meilen davon lag, im gemelten Kloster, der dazumal auch Ostgot kauft hat; der hört, dass der Fuhrmann durch sein Dorf rollen würd. Darum er sich denn etwas zu ihm gesellet und fragt, ob er nit ein Trinkgeld nähm und ihn mit ihm rollen ließ.

»Ja«, sagt der Roller, »gern, liebs Herrlin. Was habt ihr mehr zu führen?« –

»Nichts sonders«, sagt der Pfarrherr, »denn zweihundert Herrgötter.« –

»So kann ich euch nit führen; wenn ihr aber sonst ein Fass oder Pack hättet, sollt mir gar nichts daran gelegen sein.« –

»Warum?«, sagt der Pfaff, »was irren dich die Herrgötter auf dem Wagen?« –

»Lieber Herr«, sagt der Roller, »wenn es einer oder zehn wären, wollt ich ein übereinzigs tun. Wo wollt ich aber zweihundert auf meinen Wagen setzen?« –

»Nein, lieber Roller«, sagt der Pfaff, »du verstehst mich nit recht. Sie sind nit groß; denn ich trag sie allesamt bei mir in meinem Ärmel in einer kleinen Büchsen.« –

»Ja«, sagt der Fuhrmann, »sind es solche geschmeidige Herrgott, so will ich euch gern führen.«

Als sie nun gessen hatten, fuhren sie miteinander davon. Nun hatt der Fuhrmann sehr viel getrunken; unterwegs musst er über einen Bühell fahren; weiß nit, wie er die Schanz übersah, er warf den Wagen um.

Der Pfaff ward zornig über ihn und sagt: »Wie kannst du mit einem leeren Wagen umwerfen? Wie wolltest du erst getan haben, wenn der Wagen geladen gewesen wär?« –

»Hei«, sagt der Roller, »dünkt er euch denn nit geladen, da einer eine solche Last Herrgötter führt und ein schweren, großen, feisten Pfaffen dazu? Geht und besehet euch um andere Fuhr! Ihr kommt mir nit mehr auf meinen Wagen.« Also führt er den Wagen wieder auf und rollt davon; und musst der Pfaff zu Fuß gehn.

Dem geschah auch halb recht, dieweil ihm nichts widerfahren war, und durft dem Fuhrmann auf die Weis aushippen, so er ihm doch nicht zu Lohn geben durft. Dieser undankbaren Leut findet man noch sehr viel; so man sie schon sanft daher trägt bis gen Rom und stellt sie unsauber nieder, so ist schon aller Dank, Fleiß, Müh und Arbeit samt dem Kosten verloren und vergessen aller zuvor getanen Guttat etc.

42.

Von einem großen Marterhansen, wie er in einen Gerner oder Beinhaus gefallen ist

Man findet noch auf diesen heutigen Tag solch groß Marterhansen und Eisenbeißer, tun dergleichen, als wollten sie allen Menschen in einem Streich die Ohren abschlagen, so gar bös sind sie; sollt aber einer des Nachts über einen Kirchhof gehn, er sucht eher ein Viertelmeil Umweg.

Also war auch einmal ein Federschwinger, der trug den Hut voller Straußfedern, aber einen Hasenbalg zu einem Brusttuch. Auf ein Zeit war er aus einem Speckkrieg wieder zu Land kommen; wo er zu Leuten kam, sagt er von grausamen Schwertschlägen, so er vollbracht hätt; seins Blutvergießens war kein End zu erzählen. Das war aber meines Bedenkens fast über Hühner, Gäns und Enten ausgangen.

Eines Tags saß er in sehr großer Pracht bei seinen Gesellen in einer Zech, fing aber von großen Streichen an zu sagen; zuletzt würden sie den Bossen merken, nahmen's zu einem Dant auf. Unter andern Reden trug sich zu, dass sie anfingen zu sagen von einem alten abgestorbnen Weib, welche erst auf denselbigen Abend gestorben, und hätt man sie aus Mangel des Tags denselbigen Abend nit vergraben können; so hätten sie auch ihr Hausvolk die Nacht nit im Haus behalten wollen und so auf den Kirchhof getragen, in einer Bahr in das Beinhaus gestellt, damit sie den künftigen Tag vergraben würd.

Nun war ihr aller Weg, wenn sie aus dem Wirtshaus heimgehn wollten, hatten sie keinen andern Weg denn über den Kirchhof; darum sie einander fast mit dem alten abgestorbenen Weib speien wurden. Der gut Kriegsmann und Maurenbrecher hätt gewollt, er wär zehn Meil Wegs von dannen gewesen; denn ihm war sehr Angst vor dem alten abgestorbnen Weib, die doch in ihrem Leben gar kümmerlich an einem Stecken kriechen mocht und ihm nit einen Finger hätt mögen biegen. Die andern guten Gesellen merkten dies an ihm; darum trieben sie ihr Gefährt je länger je mehr vor sich, bis dem guten Landsknecht anhob die Stirne zu schwitzen, durft sich aber Scham halber gar nit zeigen noch dergleichen tun.

Zuletzt kam es dahin, dass die andern anfingen zu wetten, welcher so kühn wär und zum ersten sonder ein Licht auf den Kirchhof gehn dürft und besehen, ob das Licht oder Ampel noch im Beinhaus brenne. Denn die Sachen waren allein dahin gespielt, dass sie wollten sehen, was hinter dem Gänsköpfer für ein männlich Gemüt wär.

Zuletzt kam die Wettung auch an ihn. Er ward gar zornig, stand auf von dem Tisch, mocht die grausamen Wort nit hören, er zahlt die Ürten, nahm seinen Mantel und ging heim nach Haus.

Nun wusst er keinen andern Weg heimzukommen, denn er musst über den Kirchhof gehn, sonst hätt er durch einen tiefen Bach müssen waten. Also fasst er sich eines Mannes Herz, und mit Zittern und großem Schrecken ging er auf den Kirchhof. Und als er nahe zu dem Beinhaus kommt, wand er seinen Mantel um den Kopf, stieß die Finger in die Ohren, sorgt, er würd das alt Weib hören schreien, welch in ihrem Leben Alters halber stumm gewesen war. Er ging mit ganz schnellen Tritten für sich, damit er bald von dem Kirchhof käme. Als er aber nicht sehen konnt vor seinem Mantel und meinet, fern von dem Beinhaus zu gehn, so geht er ganz dagegen und trifft die Stegen, fällt so mit schwerem Fall hinab ein hohe steinene Stieg sonder alle Hilf. Nun war ein Gestühl in dem Beinhaus; darin fiel er ganz ungestümiglich und brach ein Bein darin ab; so hatt er auch den Kopf und Angesicht übel auf der Stegen zerfallen. Er fing an, gar jämmerlich zu schreien; da war aber niemand, so ihm helfen wollt, denn ihn mocht niemand hören. Zuletzt umgab ihn sämtliche Furcht, Angst und Schrecken, dass ihm das Schreien auch erlag; er hub aber gar schwerlich an zu seufzen und heulen.

Als nun seine Gesellen genug gezecht, sind sie auch nach Haus gangen. Als sie nun zu dem Beinhaus kamen, hörten sie den armen Tropfen ernstlich seufzen; sie aber meinten nit anders, dass das alt Weib wär wieder zu ihr selbst kommen. Und dieweil sie ein Licht hatten, gingen sie hinab, fanden so ihren Gesellen mit zerbrochnen Beinen im Gestühl liegen. Sie trugen ihn bald in eines Artzets Haus, ließen ihn verbinden. Da erzählt er sein Geschicht nach der Länge. Also mussten sie lachen zu seinem großen Schaden, so ihm dann widerfahren und zuhanden gangen war, und musst, wie man gmeiniglich sagt, den Spott zum Schaden haben.

43.

Ein Bauer unterstand einen Kriegsmann um sein Pferd zu betrügen; die Sach aber ging Widersinns hinaus

Man findet zu Zeiten einen listigen Kunden, so im Kaufen und Verkaufen sich aller Finanzen verstehn darf, sucht auch all Vorteil und Ränk, damit er einen andern überlisten möge; es findet aber oft ein großer Fuchs noch ein größeren im Hohl.

Also ging es auf ein Zeit einem listigen markgräfischen Bauern mit einem Kommissmetzger; derselbig war noch listiger denn der Bauer. Derselbig Landsknecht oder Kommissmetzger kam auf einen Feiertag in das Dorf, in welchem gemelter Bauer sein Haushaltung hatt.

Nun hatt gedachter Landsknecht ein schönen Klepper, darauf er denn war geritten kommen. Dem Bauern gefiel der aus der Maßen sehr wohl, fragt den Landsknecht oft, ob ihm das Pferd nit feil wäre.

»Nein«, sagt der Landsknecht, »es ist ein Pferd für meinen Leib; wollt nit, das mir's einer doppelt bezahlt.«

Als sie aber jetzt in die Tränk kommen sind, hatt der Bauer nichts anders mehr wissen zu sagen denn von dem Pferd und nit abgestanden, den Landsknecht zu bitten, ihm das Pferd zuzustellen.

Als nun der Landsknecht solches an ihm vermerkt, hatt er gedacht, des Bauern Begehren zu stillen, und gesagt: »Ihr habt mich im Anfang vernommen, dass mir mein Pferd nit feil ist; dazu gebt ihr mir nit soviel drum, als ich's begehr zu verkaufen.«

Antwortet der Bauer: »Lieber Kriegsmann, meinst du denn nit, ich hab ein solchen Klepper so wohl zu bezahlen als du? Schlag mir ihn um ein Geld an; versuch, ob ich ihn nit kaufen darf!« –

»Wohlan«, sagt der Landsknecht, »dieweil du je des

Sinnes bist, so wiss', dass er mir nit näher feil ist zu verkaufen denn um fünfzig Kronen.«

Nun war das Pferd fünfundzwanzig Kronen wohl wert; solches konnt der Bauer wohl abnehmen. Darum sagt er zu dem Landsknecht: »Wohlan, mein Brüderlein, damit du meinen Ernst sehest, so will ich das Pferd um fünfundvierzig Sonnenkronen von dir nehmen und will dir so bar fünfundzwanzig Kronen bezahlen; die zwanzig will ich dir auf Sankt Nimmerstag auch geben.«

Der Landsknecht gedacht: »Bauer, lass sehen, wer den andern bescheißt!« Er sagt: »Guter Freund, mir ist nit so hoch oder groß an der Bezahlung gelegen, wenn ich den Heilgen kennt. Steht er auch im Kalender?« –

»Freilich steht er darin, sonst wär er kein Heilig.« –

»Ich bin zufrieden«, sagt der Landsknecht; »allein dass mir ein Verschreibung gegeneinander aufrichten.«

Dies ging der Bauer gutwillig ein, sie tranken den Weinkauf. Den wollt der Bauer halb zahlen.

»Nein«, sagt der Landsknecht, »ich hab nun zumal fünfundzwanzig Kronen empfangen; billig soll ich die Ürten bezahlen.«

Dem Bauern gefiel der Handel wohl, er meint, er hätt einen Hirschen gefangen; da war es kaum ein Rehbock.

Der Landsknecht nahm die 25 Kronen samt der Verschreibung, fuhr sein Straß.

Als nun Allerheilgentag kam und nit gar acht Tag danach verschienen waren, kam der gut Landsknecht wieder, seine ausständigen zwanzig Kronen zu fordern. Er kam wieder in das vorig Wirtshaus, schickt nach seinem Bauern samt den andern, so dann bei diesem Kauf gewesen; die kamen all ganz geflissen.

Sobald der Bauer den Landsknecht ersehen ward, empfing er ihn freundlich, fragt ihn, was ihn so auf der Straßen umführt.

»Das mögt ihr wohl erachten«, sagt der Kriegsmann, »ich komm, mein ausständig Geld vollends einzuziehen laut euer Verschreibung.« –

»Hoho«, sagt der Bauer, »es ist noch niendart das Ziel verfallen, wird auch noch lang nit verfallen.«

Darauf sagt der Landsknecht: »Lieber Bauer, die Sach wird sich meiner Rechnung nach anderst befinden. Als wir den Kauf miteinander gemacht, hab ich dich gefragt, ob Sankt Niemar auch ein Heilg sei; hast du ihn für einen Heiligen bekennet und gesagt, er ständ auch im Jahrkalender. Nun hab ich allenthalben im Kalender gesucht, find ich keinen Sankt Niemar darinnen. Es ist aber vor acht Tagen Allerheilgentag gewesen. Dieweil nun Sankt Niemar auch ein Heilg ist, lass ich mich nit irren, dass er nit im Kalender steht; denn es sind viel Heilgen, so im Niederland, in Italien und an andern Orten für Heiligen gehalten werden, so wir in unseren Kalendern nit haben.«

Als sie nun viel und mancherlei Reden miteinander hatten, hatt sich der Bauer vor den Amtmann berufen, dessen dann der Landsknecht wohl zufrieden war, kamen so vor den Landsherren und auch vor den Amtmann und klagten. Als nun Klag und Antwort von beiden Parteien gehört, ist dem Bauern erkannt worden, den Landsknecht zufrieden zu stellen, und hatt ihm der Herr auch um seiner Finanz willen einen guten Frevel abgenommen.

Da ward Fuchs mit Fuchs gefangen, wie denn billig und recht ist.

44.

Einer vertrieb seinem alten Weib das Hauptweh

In einer Stadt, am Rheinstrom gelegen, wohnet ein sehr reiche und karge alte Wittfrau; der stellten viel alte reiche Wittweling nach und vermeinten, sie zu erwerben; ihr aber war gar kein Sattel gerecht. Denn sie gab allweg die Antwort, sie wollt selber über ihr Hab und Gut Meister sein und keinem Mann mehr das unterwürflich machen.

Es begab sich über lang, dass ein Landsknecht in die Stadt kam, gar ein schöner, gerader, freudiger junger Kerle; der hört von dieser Wittfrauen so viel sagen, dass er sich endlich vornahm, er wollt sein Heil versuchen. Er war wohl herausgeputzt mit Kleidung, trat der guten alten Frau vor das Haus, begegnet ihr zu Kirchen und Straßen, sprach sie ganz tugendlich und freundlich an.

Die gut alt Frau, so über ihr sechzig Jahr war, meinet,

der Jung hätt ein solchen Gunst zu ihr, nahm auch je länger je mehr Acht auf ihn, fing ihm auch an gar freundlich zuzusprechen.

Der gut Schlucker meinet, die Glock wär jetzund schon halb gegossen, er kauft einen schönen Schleier und fügt sich mit Fleiß an ein Ort, da er meint, die Wittfrau allein zu betreten. Es geschah nach seinem Willen und Wunsch; denn sie kam ihm gleich zu Gesicht. »Zarte liebe Frau«, sagt er, »es hatt mich euer freundlichs und tugendlichs Ansprechen dermaßen in Freundschaft und Liebe gegen euch bewegt, wo ich in euerm Verstand, Vermögen und Wesen wär, und ihr meine Jugend nit scheuen dürften, wüsst ich in aller Stadt kein Weibsbild, mit der ich lieber haushalten wollt. Dies hab ich euch nit können verhalten, wiewohl ich weiß, dass ihr meiner Gunst ein klein Acht habt; aber von wegen meiner frevlen Wort, so ich jetzt so unverschämt euch geredet hab, wollt diese kleine Gab von mir zur Straf nehmen, bitt euch dabei, mir zu vergeben.«

Die gut alt Vettel, welche zuvor der Narr gegen dem Jungen stach, meint, dass es ihm aller Worte ernst sei. »Junger«, sagt sie, »wenn ich deinen Worten getrauen dürft, wollt ich mich der Sach nit lang nehmen zu bedenken, wiewohl nit ohn ist, es werben viel alte ehrliche reiche Mann um mich, so mir am Alter gleich sind. Was wollt ich mich aber zeihen, dass ich ein alten Mann nehmen wollt! Über Nacht so liegen wir beisammen da, und wüsst keins dem andern zu helfen, wären beisammen krank und schwach. Darum ich mir längst vorgenommen hab, ein guten frommen Gesellen zu nehmen, ob er gleichwohl nit so gar reich ist, wenn er mir nur Guts tut. An Gut und Geld soll ihm nit mangeln.« In summa, kurz davon geredet, sie wurden der Sachen eins; sie versprach ihm die Ehe.

Als nun der Kirchgang geschehen war, fing der gut jung Mann an, gar häuslich zu sein, versah alle Sachen nach dem Besten; denn er befand, dass ihm die Frau ihr Barschaft und Kleinod noch nit gar offenbart hatt. Als er sie aber mit Fuchslisten hinterging, dass sie ihm jetzt alles geeigt und gezeigt, hatt er von Tag zu Tag angefangen abspinnen, sucht sich Kurzweil und Freud bei seinesgleichen. Wenn er dann nach Haus ging, kam er selten allein, er bracht allweg ein guten Gesellen [oder] zwen mit ihm; die saßen dann zusammen bis Mittnacht spielen, schlemmen und temmen. Und wenn denn die gut Frau etwas zur Sach redet, trieben sie nur ihr Spei- und Fatzwerk mit ihr. Davon die gut Frau in großen Widerwillen kam, so durft sie es ihren Freunden auch nit klagen, dieweil sie ihres Rats nit gepflegt hatt.

Was ist zuletzt geschehen? Einmal kam er heim mit einer vollen Rott. Sein Frau hatt sie von weitem ersehen, vermeint, sie wollt ein ander Kunst versuchen, damit sie doch einmal solcher Gäst abkommen möcht. Sie nahm eilends ein Handzwehlen, wand das um den Kopf und legt sich auf die Gautschen.

Der Mann mit seiner Burs kam in die Stube, findet

sein Frau so liegen; er ging zu ihr und sagt: »Mein liebe Hausfrau, was gebricht dir? Liebe, sei guter Ding; komm, lass uns leichtsinnig sein!« –

»Lass mich zufrieden«, sagt sie, »du treuloser Mann! Hast du mir das zugesagt und versprochen?« –

»Liebe Frau«, sprach er, »ich weiß doch keinen Mangel, so du hast. Bist du nit versehen genug mit Mägden, so ding dir noch ein paar! Schmeckt dir ein Wein nit, so stech dir ein ander Fass an und kauf daneben, was dich lustet! Was willst du doch mehr haben?« –

»Was sollt ich haben wollen?«, sagt sie, »ich wollt, du bliebest daheim, versehest dein Haus. So gehst du Tag und Nacht zu deinen Gesellen, von welchen du nichts Guts tust lernen, und lässt dagegen mich arme Frau liegen in Angst und Schmerzen. Denn mir tut mein Kopf so weh, dass ich nit weiß, wo ich bleiben soll. Wie willst du doch solche Untreu verantworten?« –

»Wie?«, sagt er, »sollt ich ein so liebe alte Frau haben und sollt leiden von einem liderlichen Kopf, dass er sie beleidiget! Das soll einmal nit sein.« Solches geredet, riss er ihr die Handzwehel vom Kopf, und mit beiden Fäusten fing er an zu schlagen und sagt: »Hei, Kopf, wolltest dich der Meisterschaft annehmen und meiner Frau, von deren ich Gut und Ehr hab, weh tun! Ich wollt dich eher zertrümmern.«

Die gut alt Mutter wusst nit, wie sie es verstehn sollt; denn sie merkt, dass kein Aufhörens da war. Darum musst sie sich der nächsten Freiheit behelfen. »O lieber

Mann«, sagt sie, »lass dein Zorn ab gegen meinem Kopf! Er tut mir nimmer weh.« –

»Das vergelt ihm«, sagt er, »ein Spitzhölzlein! Nun steh auf, mein liebe Hausfrau, und lass dich keinen solchen bösen Kopf mehr anfechten! Ich bin guter Hoffnung, er soll dir's nit mehr tun.«

Also musst die gut alt Mutter von ihrem angenommenen Siechtagen aufstehn, zu ihres Mannes Gästen sitzen und ein guten Mut haben, es wär ihr lieb oder leid.

Als sie nun zuletzt von ihrem Kiflen abließ und den Mann nicht mehr so frettet, stand er selbst von seiner Weis einsteils ab.

45.

Ein Mähder fand zwen Köpf in seinem Bett, als er morgens von der Matten kam, seinen Wetzstein zu holen

Man sagt gemeinlich, die Männer haben das Plärr am Morgen und die Weiber erst nach Mittag; solches gibt dies Mähders Weib ein genugsame Zeugnis.

Man sagt von einem Mähder; derselbig saß in einem Dorf. Er hatt ein gar schöne Frau; des nahm der Pfarrer im Dorf eben wahr, gesellt sich zu dem guten Mähder. Der gemeint die Sach gar gut und vertraut dem Pfarrer und seinem Weib nichts Arges.

Als nun der Pfaff den Mähder oft zu Gast lud, der Frau auch mit viel Gaben und Schenken begegnet, kam es zuletzt dahin, dass sie in weiter Kundschaft miteinander kamen. Wenn dann der Mähder des Morgens an sein Arbeit ging, kam der gut Herr und half ihm das Haus verhüten.

Nun es begab sich eines Morgens, dass der gut Mann abermals gar früh aufgestanden war; er nahm sein Sensen und eilet ganz mit großem Ernst auf die Wiesen. Des nahm der Pfarrherr gar bald wahr, fügt sich zu der Frau, wie denn solches sein Gewohnheit war. Als aber der gut Mähder ein Schar oder zwei gemäht und ihm sein Seges gar nit mehr schneiden wollt, hatt er erst an seinen Kumpf gedacht, ist mit großer Eil wieder nach Haus geloffen. Als er aber an die Haustür kommen ist, hatt er gar klein Rumor gemacht; denn er sorgt, er würd sein Weib, die ihm sehr lieb war, erwecken; ist ganz still in die Kammer geschlichen. Da fand er eilends seinen Kumpf an der Wand hängen, den nahm er und fuhr wieder davon.

Wie er aber zu der Kammer hinausgeht, blicket er auf sein Bett, und er ersieht zwen Köpf, unter welchen der ein oben ein Platten hatt. Der gut Mann nichts Arges gedenken tat; so war ihm auch so Not an sein Arbeit, dass er nit weiter schauen wollt.

Sobald er aber hinweg kam, macht sich der Pfarrer auf in großen Ängsten; denn er meinet, der Mähder wollt ihn vor dem Amtmann verklagen, damit er gefangen würd. Das Weib aber, welche listiger war, tröstet ihn und sagt, er sollt aller Sorgen entladen sein, sie wollt die Sach wohl verteidigen; ihm sollt nichts Arges widerfahren. –

Als aber nun der gut Mann jetzund ganz streng an seiner Arbeit war, fing er erst an, hin und wider zu gedenken, insonderheit an die zwen Köpf, so er in seinem Bett gesehen hatt.

Um Mittag aber da hatt ihm die Frau ein guten Imbiss bereitet; sie nahm das Essen und ging zu ihm hinaus auf die Wiesen, und als sie jetzund gar nahe zu ihm kam, sagt sie mit gar fröhlicher Stimm: »Ein guten Morgen miteinander!«

Der gut Mann sah sich um und meint, es wär noch einer auf die Wiesen kommen. Als er nun niemand sieht, sagt er: »Frau, was meinst du mit diesen Worten?« –

»Ach«, sagt sie, »wie kannst du so ein Mann sein! Hast du mir nit mögen sagen, dass du ein Gesellen bei dir hast? So hätt ich doch desto mehr kochet; doch mein ich, ihr sollt kein Mangel haben.«

Der Mann sagt: »Frau, wie ist dir? Ich mein, du habest zu früh getrunken. Nun bin ich doch gar einig auf der Wiesen, und ist niemands bei mir denn du alleinig.«

Die listig Frau ging gegen dem Mann und wischt sich selbst die Augen und sagt: »Fürwahr, mein Gesicht hatt mich betrogen; denn ich hätt mit einem ein Kuh verwettet, es wären deiner zwen gewesen.« –

»Fürwahr«, sagt der Mann, »es ist mir heut Morgen

dergleichen begegnet. Denn als ich heut Morgen meinen Kumpf daheim vergessen hatt, kam ich heim in unser Kammer und reicht meinen Kumpf. Da hätt ich mit einem ein groß Gut verwett, der Pfarrer wär bei dir in unserem Bett gelegen.«

Die Frau fing an gar inniglich zu lachen und sagt: »Mein lieber Hans, jetzund glaub ich erst, wie man sagt, dass die Mann das Plärr am Morgen haben und die Weiber erst nach Mittag. Was mag's doch für ein närrische Krankheit sein! Ich könnt's nit wissen, es käm denn von übrigem Trinken oder Schlafen.«

Also saßen sie zusammen, aßen und tranken, waren leichtsinnig, und behielt der gut Mähder das Plärr vor als nach.

46.

Ein voller Pfaff wollt zu einem Königreich gehn, fällt in eine Wolfsgrube, als er meint, eine Ente zu fangen

Es liegt ein Dorf in Lothringen; darin wohnet ein toller ungeschickter Pfaff, wie man denn derselbigen nit wenig in Lothringen findet. Er hatt den Brauch an sich, dass er von einem Dorf zum andern lief; wo er ein gut Mahl wusst, da lugt er, dass ihm sein Teil auch davon ward. Hab auch von glaubwürdigen Leuten gehört, dass er zum öfter Mal an einem Tag an zwei Orten Mess gelesen hab, als in seiner Pfarr, und danach in ein ander

Dorf geloffen, da er ein gut Mahl gewusst hat, auch Mess gelesen.

Es begab sich an einem heiligen Dreikönigabend, dass er von Wich ein ander Dorf laufen wollt und mit den Bauern König machen; er hatt aber sich zu Wich etwas lang gesäumt, denn er mit seinen Bauern vor König gemacht hat; deshalb ward es etwas spät.

Nun hatten die Bauern in dem Dorf, in welches er gehn wollt, erst am selbigen Tag ein tiefe Wolfsgruben nit weit vom Dorf aufgeworfen, und, wie man pflegt zu tun, inmitten der Gruben hatten sie ein Heustangen aufgericht und ein Ent in einem Korb darauf gebunden, damit, wenn die Wölf oder Füchs die Ent hörten, dass sie dem Geschrei zulaufen sollten und in die Gruben fallen. Als nun der gut Herr nahe zum Dorf kommt, so hört er die Ent im Feld etwas vom Dorf schreien. Er dacht bei sich selbst: »Diese Ent ist aus dem Dorf kommen; es möcht sie ein Fuchs ankommen und fressen. Weger ist, ich fange und erwürg sie, so mag ich sie behalten an einem heimlichen End; wenn ich dann nach dem Nachtessen heimgang, so trag ich sie mit, so hab ich morgen zu Nacht auch einen guten Braten.«

In solchen Gedanken kam der Pfaff als je näher zu der Enten, und so näher er zu ihr kam, so mehr und fester sie schreien ward. Nun war die Grub allenthalben mit kleinem Gereis und Stroh überdecket, dass der gut Pfaff nichts anders meinet, denn es wär ein ebner Boden, eilet bald auf die schreiend Ent, damit sie ihm nit entlaufen möcht. In solchem eilenden Lauf fällt er gar ungestümlich in die Wolfsgruben.

Die Ent aber je mehr anhob zu schreien; das hört auch ein hungriger Wolf, läuft dem Entengeschrei zu und fällt auch zu dem Pfaffen in die Gruben. Der Wolf, als er vernahm, dass er gefangen war, hatt er sich ganz züchtiglich in der Gruben gehalten und dem Pfaffen kein Leid begehrt zu tun. Dem Pfaffen aber war gar Angst bei dem Wolf in der Gruben und hatt sich allen Augenblick seines Lebens verwegen.

Es stand nit gar ein Stund, da kam ein Fuchs, der meint auch, ein guten Bissen zu erlangen; dem ging es gleich wie den vorigen Zwei. Der Fuchs aber, sobald er in die Gruben kam, fing er an den Pfaffen zu stupfen und zu rupfen an seinem Rock. Davon dem Pfaffen ein große Angst ankam; denn er wusst seines Lebens und Sterbens kein Mittel.

Nun war er so nah bei dem Dorf, wann die Bauern anhoben zu schreien: »Der König trinkt!«, das macht erst den guten Domine so gar unlustig; denn er war gewohnt zu sein, wo man schlemmt und dempt, und nit über Nacht in der Wolfsgruben zu liegen.

Als nun des Morgens die Bauern lugen wollten, was sie die Nacht gefangen hätten, kamen sie mit Seilern und Leitern, Spießen und Kolben zu der Gruben, fanden so den Pfaffen, Wolf und Fuchs beieinander, des sie sich dann gar größlich verwundern taten. Der Pfaff bat sie gar freundlich, sie wollten ihres Fragens abstehn und zum vordristen trachten, wie sie ihn aus der großen Angst und Not brächten; alsdann wollte er ihnen alle Ding nach der Läng erzählen.

Sie ließen ihm ein Seil in die Gruben, der Pfaff band sich selbst daran; so zogen sie ihn herauf. Der Pfaff bat die Bauern durch aller Heiligen willen, sie sollten den Wolf seines Lebens verschonen, den Fuchs aber sollten sie umbringen; darum so wollt er ihnen einen Schnapphahn schenken.

Die Bauern fragten die Ursach an dem Pfaffen, warum er doch dem Wolf sein Leben so erkaufen wollt, so doch kein Tier in der ganzen Welt wär, dem all Welt so feind wär als einem Wolf.

Der Pfaff sagt: »O liebe Freund, der gut fromm Wolf ist die ganz Nacht so züchtig und still bei mir in der Gruben gesessen und hatt mir gar kein Leid begehrt zuzufügen. Aber der schändlich lästerliche Fuchs, sobald er in die Gruben kam, fing er an, nach mir zu springen, meinen Rock zerreißen, und hatt mich ganz angsthaft gemacht; darum begehr ich ihm sein Leben nit zu fristen.«

Die Bauern nahmen den Schnapphahn von dem Pfaffen, schlugen aber nit desto weniger den Wolf und den Fuchs zu Tod.

Ich glaub auch, sollten sie gewusst haben, dass der Pfaff der Meinung gewesen wär, die Enten zu stehlen, sie hätten ihn auch zu Tod geschlagen als wohl als den Wolf und Fuchs.

47.

Von einem ungelehrten Pfaffen, der den Kalender nit verstand

Ich muss noch einen Pfaffen im Land zu Lothringen beschreiben, dieweil sich's eben so zuträgt.

Es liegt ein Dorf im Lothringer Land, mit Namen Langenwasen genannt; darin hat zu dieser Zeit auch ein hochgelehrter Pfaff gewohnet, dem mangelt gar nichts, denn dass er nit wissen konnt, wann es Samstag oder Sonntag war. Denn er sich gar nichts auf den Kalender verstand; jedoch hatt er ein sonder Gemerk auf die Tag. Er war eines solchen sinnreichen Verstands, dass er nur vom Zusehen hat gelernt die allerbesten Besen zu machen, so man bekommen mocht. Er nahm sich vor, allen Montag fing er an und macht einen Besen, am Zinstag abermals einen, am Mittwoch, Donnerstag, Freitag und Samstag allen Tag einen; und wenn er dann der Besen sechs zusammenbracht, so konnt er abnehmen, dass den künftigen Tag Sonntag sein musst. Darum ging er allweg an dem Samstag zu Nacht zu seinem Sigristen und befahl ihm, des Morgens zu der Mess zu läuten.

Nun war ein schamperer Bauer zu Langenwasen, der wohnet viel um den Pfaffen; derselbig fand den Pfaffen einmal seine Besen zählen auf solche Weis: Den ersten Besen nannt er Montag, den andern Zinstag, den dritten Mittwoch, den vierten Donnstag, den fünften Freitag; danach sagt er: »Morgen muss ich meinen Kilchwart heißen läuten.« An solchen Worten konnt der Bauer wohl abnehmen, dass er sein ganze Wochenrechnung allein bei den Besen hätt.

Auf ein Mittwoch danach kam gemelter Bauer abermals in des Pfaffen Haus und fand ihn nit daheim, denn er war ausgangen nach Besenreisern. Der Bauer fand drei Besen beieinander in einem Winkel stehn; er nahm eilends den einen und verbarg ihn hinter einer alten Kisten.

Der gut Pfaff arbeit danach, als er aus dem Holz kam, ganz fleißig. Am Freitag fing er abermals an seine Besen zählen und fand deren nit mehr denn vier. Er sagt zu sich selbst: »Wie bin ich doch so gar irr in meinen Besamen worden! Nun hätt ich mit einem ein Wettung bestanden, es wär heut Freitag gewesen, so es doch erst Donnstag ist.« Also stand er am Samstag morgens wieder auf und macht seinen Freitag. Am Sonntag zu Morgen macht er seinen Samstag.

Nun hatt der ander Bauer, so ihm den Besen verborgen hatt, dem Sigristen alle Sachen geoffenbart. Und als die Zeit kam, fingen sie an, zur Mess zu läuten.

Der Pfaff meint, es wär jemands gestorben, und lief bald in die Kirchen, fragt, was das für ein Geläut wär.

»Ich hab zu der Mess geläut«, sagt der Sigrist, »denn es ist heut Sonntag.« –

»Wie kann das möglich sein?«, sagt der Pfaff, »es ist Samstag.«

Also kamen sie hart zu Streit beidesammen, dass zuletzt der Pfaff den Sigristen lügen hieß.

Der Sigrist, dem alle Ding von dem andern Bauern war angezeigt, stellt sich gar zornig und sagt: »Herr Pfarrherr, ihr schelten mich einen Lügner; des müsst ihr mich überweisen, oder ich will gehn gen Metz und will euch vor dem Bischof verklagen.«

Der Pfaff sagt: »Du Schalk, so gang und bring noch einen andern mit dir in mein Haus! Da will ich dir gute Rechnung um einen jeglichen Tag geben.«

Bald lief der Sigrist zu dem andern Bauern, so ihm zur Sach geholfen, bracht ihn mit sich in des Pfaffen Haus. Der Pfaff fing an und zählt seine Besen und konnt nit mehr finden denn den Freitag; der Samstag war noch nit gar aufgemacht. »Siehst du«, sagt der Pfaff, »da steht noch der Samstag und ist noch nit gar gebunden.«

Der Sigrist sagt: »Was gehn mich die Besen an? Zeigt mir den Kalender!«

Der Pfaff sagt: »Ich acht mich keines Kalenders; denn mir fehlen die Tag nit an meiner Arbeit.«

Zuletzt sucht der Sigrist hin und wider im Haus und findet den Besen unter der Kisten, zeucht ihn hervor und sagt: »Hie seht ihr, Herr Pfarrer von Langenwasen, welcher unter mir und unter euch wahr gesagt hat. Nun sind nur keins andern von mir warten, denn dass ich den nächsten gen Metz ziehen, will euch vor dem Bischof verklagen, der wird euch wissen den Kalender zu lernen.«

Wem war ängster denn dem guten Pfaffen? Er sorgt

nit allein, dass er um sein Pfründ käm, sondern forcht auch die Gefängnis; darum bat er den Sigristen um Verzeihung, er wollt fürbass den Kalender lernen und nit mehr auf sein Besenmachen Acht haben.

Der ander Bauer, so den Besen verborgen hatt, redet auch sein Guts dazu; so vertrugen sie sich miteinander. Und als die Mess vollbracht ward, führt sie der Pfaff ins Wirtshaus, zahlt die Ürten und lehrt fürbass den Kalender.

Solch ungeschickte Priester haben wir nit im deutschen Land, es fehl denn etwa.

48.

Einem Juden büßt einer den Husten

Es saßen auf einmal viel Bauern beieinander in einem Dorf in dem Wirtshaus, waren leichtsinnig und guter Dinge.

Unter dem so kommt ein alter Jud geritten; er saß ab von seinem Pferd, führt das in den Stall, damit es ein winzig erkühlet. Er setzt sich auch hinein in das Sommerhaus, sich zu erkühlen; denn es war eben im heißen Sommer.

Der Jud begehrt, man sollt ihm ein Kannen mit Wasser bringen um sein Geld.

Die Bauern sagten: »Man verkauft kein Wasser hie. Denn wir haben sonst größern Mangel an Wasser, denn uns lieb ist; alle Brunnen und Bäch sind gar vertrocknet; aber Wein mag dir um Geld genug werden.«

Der Jud sagt, es wär wider sein Gesetz, Wein mit den Christen zu trinken; wenn es aber Bier wär, hätt er es wohl gemacht.

Also bracht ihm zuletzt der Wirt ein Kannen mit Wasser; der Jud trank auf die Hitz einen guten starken Trunk, fing bald darauf an, heftig zu husten.

Als er das nun ein gute Weil getrieben, hatt einer unter den Bauern gesagt: »Jud, wie hast du denn den Ritten mit deinem Husten!«

Darauf sagt der Jud: »Fürwahr, ich hust einen Regen.«

Der Bauer sagt: »Kannst du Regen husten, warum bist du nit längst kommen?« –

»Ja«, sagt der Jud, »ich werd gewiss einen Regen husten; denn er ist nun lang in mir gesteckt.«

Bald wuscht ein ander Bauer auf, welcher gar betrunken war, nahm den Juden bei der Kartausen und schleift ihn im Sommerhaus herum und trat ihn mit Füßen, sagt zu ihm: »Hei, du schändlicher jüdischer Hund, hast du so lang ein Regen in dir gehabt und hast den mit Gewalt in dir behalten; was hast du den guten Wein, Frücht und Futter verderbet, dass alles fürkommen wär, wenn du einen solchen großen Regen nit in dir behalten hättest!«

Der Jud schrie: »Mordio, helfenio! Ich hab die Sach nit so gemeinet; ihr habt mich nit recht verstanden. Lasst mich euch der Sachen Bericht geben!«

Als nun die andern meinten, des Schimpfs wär genug, haben sie Frieden gemacht. Der Jud aber hat solcher Schlappen nit in mehr warten wollen; denn er sorget, ihm möcht erst recht gezwagen werden; auch war ihm die Laugen schon bereit. Darum saß er auf sein Pferd und reit sein Straß.

Also geschah diesem Juden mit dem Regen, wie der Odenwälder Bäuerin mit dem Schnee.

49.

Ein einfältig Weib berichtet, wie sie in der Fasten Fleisch hat gessen

Es ist an vielen Enden noch der Brauch, dass man in der Fasten das gemein Volk zu der Beicht vermahnet, nämlich in der Karwochen; so ist man dann ein wenig geistlich. Wenn nun die Ostern hinweg sind, so ist der Geist auch hinweg; denn so jagen wir den Judas über den Zaun, und gehn alle Kirchweihen an; so muss sich Zachäus leiden gleich wie Judas in der finstern Metten; mit dem und über den schreit, singt und poltert man, wenig aber wird das Leiden Christi bedacht. Also predigt man vom Zacheo auf allen Kirchweihen, niemand aber folget ihm in den Werken nach. Zachäus stieg auf den Feigenbaum, damit er den Herrn sehen möcht, und als er von ihm herab ward gefordert, verließ er alle Wollust dieser Welt und folget dem Herrn nach. Wir aber sind jetzund eines andern gesinnet; denn sobald ich und ander mehr das Evangelium vom Zacheo haben hören verkünden, verlassen wir den Herrn und sein Wort, laufen den nächsten aus der Kirchen dem Schlam zu. Also geht es auch mit der Beicht. Ein jeder meint, wenn er nur den Leuten die Augen erfüllen mag, hab er ihm schon genug getan.

So ging es auch mit dieser guten Frau; die kam vor den Beichtvater, erzählte ihr Sünd ganz einfältiglich. Zuletzt, als sie nit mehr wusst, fing er sie an zu fragen, aber ganz unnotwendige Sachen. Unter andern Fragen war dies die eine, ob sie auch in der Fasten Eier und Fleisch gessen hätt. Sie sagt: »Ja, Herr, aber nit die ganz Fasten.«

Der Beichtiger sagt: »Liebe Frau, ihr habt große und schwere Sünd begangen; es sei, ihr habt denn solches von unserm heilgen Vater, dem Papst, erkauft.« –

»Ach«, sagt sie, »mein lieber Herr, ich hab nie gewusst, dass der heilig Vater auch Eier und Fleisch feil hätt, sonst wollt ich ihm mein Geld eher und lieber gegönnt haben denn unsern Metzgern; sie lassen mich allemal so lang an der Metzig stehn, es sollt eins das Fleisch nit geschenkt nehmen.«

Dies war gleich ein Antwort, wie sie gefragt ward; wozu aber solch Beichten dienet, lass ich einen andern, so die Sach bass versteht denn ich, ausecken.

50.

Ein Edelmann verbot seinen Bauern zu schwören

Es wohnet ein guter, frommer alter Edelmann auf einem Schloss; der hatt unten daran ein groß Dorf, darin aber so böse ungezogene Bauern, dass er in keinem Weg mit ihnen näher kommen konnt; kein Frevel war ihnen zu groß, sie mochten den verküsen, gaben weder um Gebot noch Verbot nit ein Wicken. Und insonderheit war ihnen das Gottslästern hoch verboten. Es half aber nichts.

Zuletzt hatt der gut Junker ein Bedauern mit Weib und mit Kindern; denn er gedacht, die Väter würden sie gar um das Ihrige bringen. Also ließ er ein Mandat ausgehn, welcher Bauer mehr Gott lästert, den wollt er nit allein an seinem Gut, sondern auch an dem Leib strafen.

Das bestand nit lang, es wurden etlich fällig und hart an ihrem Leib gestraft, als mit dem Turm, Pranger, die Zungen beschnitten, auch etliche, so die Sach zu grob übersahen, wurden an ihrem Leben gestraft. In summa, es kam die Sach zuletzt so weit, dass die Bauern davon mussten abstehn, wiewohl es sie gar hart und sauer ankam.

Das Gesind war auch durch ihr vorig unordentlich Wesen dahin kommen, dass mit Gutem nichts mehr aus ihnen war zu bringen; denn keins wollt in Gottes Namen nichts angreifen, es musst ein großer Schwur mitlaufen.

Das war den Bauern ganz beschwerlich, kamen so

in ganzer Gemein zusammen und beschlossen in gemeinem Rat, sie wollten sammenthaft vor den Junker auf das Schloss gehn und ihm den Handel vortragen, wie sie das Gesind in keinen Weg wussten zu baschgen, es wäre denn, dass er ihnen einen Schwur erlaubet.

Also ward dem Junker die Sach durch den Schultheißen von wegen der Gemein vorgetragen. Als nun der Junker ihren Mangel vernahm, sagt er zu ihnen, was sie doch für einen Schwur begehrten.

Der Schultheiß sagt: »Gnädiger Junker, wir bitten euch fest, gebt uns ein Schwur, der da nit zu klein, auch nit zu groß seie, damit demnach das Gesind mög in der Furcht erhalten werden!« –

»Wohlan«, sagt der Junker, »dieweil ihr euer Gesind dahin gewendet, dass sie um Beten nichts wollen geben, so steht all miteinander ab und erkiesen euch ein Schwur, jedoch dass der das Leiden Christi nit berühr.«

Bald standen die Bauern ab und wurden der Sachen überein um die Pestilenz. Sie kamen wieder zu dem Junker in den Saal. Der Junker sagt: »Seid ihr bedacht?« –

»Ja«, sprach der Schultheiß, »gnädiger Junker, wir stehen hie und bitten euch durch Gottes willen, gebt uns nur die Pestilenz!« –

»So geht hin«, sagt der Junker, »und habt auch die Franzosen dazu!«

Der Schultheiß von wegen der ganzen Gemein dankt dem Junker gar fleißig von wegen der reichen Begabung, zogen so mit Freuden nach Haus.

51.

Ein geiziger verzagter Pfaff kleppert mit beiden Händen auf der Kanzel zusammen und schrie: »Geld her! D' Schu sind platz.«

Es ist ein groß Dorf im Elsass am Gebirg gelegen, darin saß ein langer dürrer Pfaff, wie der Mann im Kästenholz; der war ganz eines verzagten Herzens; auf kein Kanzel konnt man ihn gar nit bewegen, dass er dem gemeinen Volk das Evangelium verkündet hätt. Das war aber sein Brauch, wenn er Mess hielt, wandte er sich gegen die Leute, sobald er das Evangelium gesungen oder gelesen hatt, sagt er es dann in Deutsch.

Nun war ein Wirt oder Weinstecher im Flecken, ein sehr guter Fatzbruder, der sagt zum öfter Mal zu dem Pfaffen, er sollt doch einmal das Evangelium auf der Kanzel sagen; wenn er solches einmal von ihm hört, wollt er ihm einen Gulden schenken. Das trieb er so lang und viel mit ihm, dass sich der gut Herr zuletzt vor den Leuten schämen musst.

An einem Sonntag kam es ihm eben in den Sinn, dass er den Gulden verdienen wollt; er ließ es dem Weinstecher ansagen, damit er nachmalen kein Ausred suchen noch haben mocht. Also kam er in die Kirchen mit viel guten Gesellen; die stellten sich allesamt gerad gegenüber der Kanzel, damit sie den Pfaffen unterstanden zu erschrecken, dass er nit hinaufging.

Als er nun kam und sah sie so beieinander stehn,

erschrak er aus dermaßen Übel; dennoch fasst er sich ein Herz, stieg hinauf, stand ein gute Zeit, dass er gar verstummt war; denn der Weinstecher mit seiner Gesellschaft wandten die Augen nit von ihm.

Zuletzt fing er doch an, das Evangelium zu verkünden und tat aber gar ein kurze Sermon. Danach, alsbald er nun die offen Schuld sprach und die Absolution daruff, schlug er mit beiden Händen zusammen und pleppert gar laut auf der Kanzel und sagt: »Engelhart, Geld her! Die Schu sind geplatz.«

Da musst jedermann hören, ob er von wegen der armen Schäflein oder des Guldens halber auf die Kanzel gangen war.

Als er nun von der Kanzel kam und demnach sein Amt in der Kirchen vollbracht, nahm ihn der Weinstecher, lud ein gute Bursch zu sich in sein Herberg, machten dem Pfaffen gut Geschirr. Als er nun ein Trunk überkam, beredeten sie ihn, dass er den Gulden ins Gloch schenket; hat er vor der Predigt nichts, so hat er hinnach aber nichts, allein, dass er ein vollen Kropf davonbringen tat.

52.

Einer setzt seinem Gevatter ein Hut mit Brunz auf den Kopf in einer Abendzech

Wunderbarliche Gesellen findet man oft in den Abendzechen; besonders so es um die fünfte Kannen wird, so mag sich Sankt Grobianus nit verbergen, kommt mit seinem Saitenspiel zum Säutrog geloffen, bald hebt man die Säuglocken zu läuten an; dann kann niemands nit mehr verderben: je gröber, je hübscher, je wüster, je holdseliger. Also ging es auch in einer Abendzech mit zwei guten Gesellen, die waren Gevattern und eines Handwerks, waren mir beid sehr wohl bekannt, als sie denn noch sind.

Es begab sich eines Tags, dass sie einen Zunftbruder zu dem Begräbnis begleiten. Als er nun zu der Erden bestattet, wurden etlich unter ihnen zu Rat, zogen miteinander auf ihre Zunftstuben und fingen an den Schlemmer zu singen, damit sie des guten abgestorbnen Kerlins desto eher vergessen möchten. Als sie aber auf die Stuben kamen, fanden sie bald ihresgleichen; sie saßen zusammen und ließen sich auftragen nach der Schwere. In summa, einer unter den Zweien ward sehr wohl betrunken, wäre deshalb gern von dem Tisch gewesen, ein Wässerlein zu machen. Sein Gevatter saß ihm an der Seiten, den bat er zum öftern Mal, er sollt ihn hervorlassen, sagt ihm dabei sein Anliegen.

Dieser sagt: »Hei, wollt ihr darum aufstehn? Nehmt hin meinen Hut, brunzt darein!«

Der war nit unbehend, nahm den Hut, was sonst kein Mensch an dem Tisch wahrnahm, brunzt ihn so unter dem Tisch mehr denn halber voll. Der Hut fing an heftig unten durchrinnen; der gut Kerle war angsthaft und sagt zu seinem Gevattern: »Wo soll ich nun mit dem Hut hin?«

Sein Gevatter sagt: »Wisst ihr nit, wo er hingehört?«

Dieser war nit unbehend, nahm den Hut, setzt ihn seinem Gevattern auf mit Brunz und allem, dass ihm das Harnwasser über den Kopf und Bart abrann und an seinem ganzen Leib mit Brunz überschüttet; denn ehe sie die andern wahrgenommen, ist der Schad geschehen, und war dem schon genetzt und gezwagen.

Was sollt er aber dazu tun? Zürnen konnt er nit, dieweil er ihm den Hut selbst dar hat geboten. So war die ander Gesellschaft dermaßen mit Lachen behaft, wenn sie gleich einander gerupft, hätten sie demnach nit Fried nehmen können.

Nach langem Gelächter ward ein Rechtung antroffen, sie sollten lieb und gute Gevattern sein, damit sie nit in Sankt Grobianus Bruderschaft ausgetilgt würden.

53.

Ein guter Schlemmer dichtet ein Liedlein, damit ward sein Wirt bezahlt von den Fuggern

Auf dem Reichstag zu Augsburg anno [1530] geschah ein guter Schwank von einem Singer an des Herzog Wilhelmen von München Hof. Er war ein berühmter Musikus und Komponist, hieß mit seinem Namen

N. Grünenwald. Er war ein guter Zechbruder, nahm nit für gut, was ihm an seines gnädigen Fürsten und Herren Tisch vortragen ward, sondern sucht sich anderswo gut Gesellschaft, so seines Gefallens und Kopfs waren, mit ihm tapfer dämpften und zechten; kam so weit hinein, dass alle Schenken und was er in barem Geld mit sich dahin bracht, in nasser War und guten Bisslein dahin ging. Noch musst die Maus bass getauft werden; er macht dem Wirt bei den acht Gulden an die Wand. In summa, es kam auf das Letzt dahin, dass der Herzog von München samt andern Fürsten, Herren und Städten aufbrechen wollten.

Der Wirt erfuhr die Sach, kam zu dem guten Grünenwald, fordert sein ausständige Schuld. »Lieber Wirt«, sagt Grünenwald, »ich bitt euch von wegen guter und freundlicher Gesellschaft, so wir nun lang zusammen gehabt, lasst die Sach auf diesmal so beruhen, bis ich gen München komm! Denn ich bin jetzumal nit verfasst. Wir haben doch nit so gar weit zusammen; ich kann's euch all Tag schicken; denn ich hab noch Kleinod und Geld zu München, das mir die Schuld für bezahlen möcht.« –

»Das gönn dir Gott«, sagt der Wirt, »mir ist aber damit nit geholfen. So wollen sich meine Gläubiger mit Worten nit bezahlen lassen, nämlich die, von denen ich Brot, Wein, Fleisch, Salz, Schmalz und ander Speis kaufen und bekommen muss. Es muss allweg Bargeld da sein; komm ich auf den Fischmarkt, sehen die Fischer bald, ob ich um Bargeld oder auf Borg kaufen will. Nehm ich's auf Borg, muss ich's doppelt bezahlen. Ihr Gesellen aber setzt euch zum Tisch; der Wirt kann euch nit genug auftragen, wenn ihr gleichwohl nit ein Pfennig in der Taschen habt. Darum merk mich eben, wessen ich auf diesmal gesinnet bin! Willst du mich zahlen, mit Heil; wo nit, will ich mich den nächsten zu meines gnädigen Fürsten und Herren von München Sekretarien verfügen; derselbig wird mir wohl Weg und Steg anzeigen, damit ich zahlt werd.«

Dem guten Grünenwald war der Spieß an den Bauch gesetzt, wusst nit wo aus oder wo an; denn der Wirt, so auch mit dem Teufel zu Schulen gangen, war ihm zu scharf. Er fing an, die allersüßesten und glattesten Wort zu geben, so er sein Tag je studiert und erdenken mocht; aber alles war umsonst.

Der Wirt wollt sich aber keinswegs nit schweigen lassen und sagt: »Ich kann nicht viel Umständ; glatt geschliffen ist bald gewetzt. Du hast Tag und Nacht wollen voll sein; den besten Wein, so ich in meinem Keller gehabt, hab ich dir müssen auftragen. Darum bedarf's nur nit viel Mäus. Hast du nit Geld, so gib mir deinen Mantel, denn so will ich dir wohl ein Zeit lang borgen. Wo du aber in bestimmter Zeit nit kommst, werd ich dein Mantel auf der Gant verkaufen lassen. Dies ist der Bescheid miteinander.«

»Wohlan«, sagt Grünenwald, »ich will der Sachen bald Rat finden.« Er saß nieder, nahm sein Schreibzeug, Papier, Feder und Tinten und dichtet nachfolgends Liedlein:

1.

Ich stand auf an eim Morgen
Und wollt gen München gehn
Und war in großen Sorgen:
Ach Gott, wär ich davon!
Meim Wirt, dem war ich schuldig viel,
Ich wollt ihn gern bezahlen,
Doch auf ein ander Ziel.

2.

»Herr Gast, ich hab vernommen,
Du wolltst von hinnen schier;
Ich lass dich nit wegkommen,
Die Zehrung zahl vor mir,
Oder setz mir dein Mantel ein!
Demnach will ich gern warten
Auf die Bezahlung dein.«

3.

Die Red ging mir zu Herzen,
Betrübt war mir mein Mut;
Ich dacht: Da hilft kein Scherzen.
Soll ich mein Mantel gut
Zu Augsburg lassen auf der Gant
Und bloß von hinnen ziehen,
Ist allen Singern ein Schand.

4.
»Ach Wirt, nun hab Geduld
Mit mir ein kleine Zeit!
Es ist nit groß die Schuld,
Vielleicht sich bald begeit,
Dass ich dich zahl mit barem Geld.
Darum lass mich von hinnen!
Ich zeuch nit aus der Welt.«

5.
»O Gast, das gschieht mitnichten,
Dass ich dir borg diesmal.
Dir hilft kein Ausred dichten;
Tag, Nacht wollst du sein voll.
Ich trug dir auf den besten Wein,
Drum mach dich nur nit müßig,
Ich will bezahlet sein.«

6.
Der Wirt, der sah ganz krumme;
Was ich sang oder sagt,
So gab er nichts darumme,
Erst macht er mich verzagt.
Kein Geld wusst ich in solcher Not,
Wo nit der fromm Herr Fugger
Mir hilft mit seinem Rat.

7.

Herr Fugger, lasst euch erbarmen
Mein Klag und große Pein
Und kommt zu Hilf mir Armen!
Es will bezahlet sein
Mein Wirt von mir auf diesen Tag.
Mein Mantel tut ihm gefallen,
Mir hilft kein Bitt noch Klag.

8.

Dem Wirt tat bald bezahlen
Der edel Fugger gut
Mein Schuld ganz überall;
Das macht mir leichten Mut.
Ich schwang mich zu dem Tor hinaus:
Ade, du lausiger Wirt,
Ich komm dir nimm ins Haus.

Dies Liedlein fasst Grünenwald bald in sein Kopf, ging an des Fuggers Hof, ließ sich dem Herrn ansagen. Als er nun vor ihn kam, tat er sein gebührliche Reverenz, demnach sagt er: »Gnädiger Herr, ich hab vernommen, dass mein gnädigster Fürst und Herr allhie aufbrechen und auf München zu ziehen will. Nun hab ich je nit von hinnen können scheiden; ich hab mich denn mit euer Gnaden abgeletzt. Habe deren zu Lieb ein neus Liedlein gedicht; so euer Gnad das begehrt zu hören, wollt's ich deren zur Letze singen.«

Der gut Herr, so denn von Art ein demütiger Herr war, sagt: »Mein Grünenwald, ich will's gern hören. Wo sind deine Mitsinger, so dir behilflich sein werden? Lass sie kommen!« –

»Nein, gnädiger Herr«, sagt er, »ich muss allein singen; denn mir kann hierin weder Bass noch Diskant helfen.« –

»So sing her!«, sagt der Fugger.

Der gut Grünenwald hub an und sang sein Lied mit ganz fröhlicher Stimm heraus. Der gut Herr verstand sein Krankheit bald, meinet aber nit, dass der Sach so gar wär, wie er in seinem Singen zu verstehn geben hatt; darum schickt er eilends nach dem Wirt. Als er nun die Wahrheit erfuhr, bezahlt er dem Wirt die Schuld, errettet dem Grünenwald seinen Mantel und schenkt ihm ein gute Zehrung dazu; die nahm er mit Dank an, zog demnach sein Straß.

Diesen Grünenwald kam sein Kunst auf diesmal gar wohl; sonst hätt er sein Mantel hinter ihm lassen müssen und nackend aus Augsburg gezogen sein. Darum Kunst nimmer zu verachten ist.

54.

Ein Wirt zu Ingolstadt bracht mit List ein Ketten von einem jungen Edelmann

Ich hab von einem guten Gesellen gehört, welcher bei und mit gewesen, dass ein junger Edelmann zu Ingolstadt ein Geld bei einem Wirt verzehrt hatt; denn er griff die Sach nur bei dem Dicksten an, hielt viel Bankette und Gastereien. Als nun die Summe sehr groß ward, fing dem guten Wirt an Angst zu werden, gedacht sich mancherlei, wie er Rat finden möcht, damit er bezahlt würd.

In den Dingen begab es sich, dass des jungen Edelmanns Vater, welcher ein Ritter war, nach seinem Sohn schicket, er sollt ohnverzogenlich heimkommen. Da fing dem Wirt erst an die Katz den Rücken aufzulaufen; er wusst nit, wie er seinen Sachen tun wollt.

Zuletzt gedacht er sich: »Wohlan, ich muss ein anders vor die Hand nehmen, ob ich doch mit List zur Bezahlung kommen möcht.« Er richt ein gut Bankett zu und sagt zu dem Edelmann: »Junker, ich verstand, wie dass ihr heimreiten wollt. Nun müssen wir uns dennoch zuvor miteinander letzen und einen guten Mut haben.«

Dies gefiel dem Edelmann fast wohl und sagt: »Ja, mein Herr Wirt, welcher Mahlzeit muss aber solches geschehen, damit ich auch andern guten Gesellen, so mir lieb sind, dazu verkünden mag.«

Der Wirt sagt: »Junker, zum Nachtmahl bin ich sehr wohl gerüst. Darum mögt ihr wohl gut Gesellen mitbringen; so wollen wir ganz leichtsinnig sein.« In summa, die Sach ward so abgeredet.

Der Wirt befahl allem seinem Gesind, sobald man zu Tisch käm, sollten sie nur nit faul sein mit Einschenken;

so war der Bescheid auch geben, dass sie den besten und stärksten Wein, so er im Keller hätt, auftragen sollten. Das geschah nach allem seinem (des Wirts) Befehl und Anschlag. Denn bald es um die Zeit ward, dass man zu Tisch saß, trug man auf nach der Schwere; da hub sich ein groß Fressen und Saufen an; der Wirt aber lief stets von und zu dem Tisch, damit man auf sein Vornehmen nit achten, desto weniger Argwohn haben möcht; er schürt auch tapfer zu, damit dem jungen Edelmann kein Mangel an Trinken gelassen würd.

Nun hatt der Jung ein schöne guldine Ketten am Hals hängen, die war zum wenigsten in die dreihundert Gulden wert. Als nun der Wirt merkt, dass der Jung ganz wohl betrunken war, sagt er zu ihm: »Junker, wie mögt ihr doch ein ganzen Tag so schwer am Hals tragen?«

Der Junker sagt: »Wieso?«

Spricht der Wirt: »Mich beschwert den ganzen Tag das Hemd und Wammes am Leib, desgleichen mein Hut auf dem Kopf; ich geschweig, dass ich ein ganzen Tag sollt ein solche Ketten an mir tragen.« –

»Sie aber«, sagt der Jung, »beschwert mich gar nichts. Ich wollt, es käm einer und schenket mir noch eine zu der, ich trüg sie dazu, ja wenn sie noch so schwer sein sollt.«

Der Wirt sagt: »Ich möcht doch wohl wissen, wie einem wär, der ein solche Ketten trüg.«

Der Edelmann war nit unbehend, henkt dem Wirt die Ketten an den Hals; der Schlam aber ging nichts desto weniger vor sich. Der Wirt lief von und zu, wie er denn vormals auch getan hatt; auf die Letzt aber verlor er sich gar und legt sich schlafen, acht nit, wer die Ürten macht. Als nun das Saufen bis über die Zeit währet, blieben etlich in der Stuben auf den Bänken liegen. Die Sorg war schon bei ihnen allen dahin; der Edelmann dacht nit mehr an seine Ketten.

Als es morndes Tag ward, saß mein guter Wirt auf sein Roß, reit dahin, nahm kein Abschied von seinen Gästen. Nit lang danach stand der Edelmann auf und meint hinwegzureiten, fragt oft, wann der Wirt aufstehn wollt, dass er ihm seine Ketten geb, denn er musst reiten. Zuletzt sagt ihm der Stallknecht, der Wirt wär des Morgens früh davon; so wüsst er nit anderst, denn er wär ins Elsass nach Wein geritten. Der gut Jung ward der Sachen nit gar wohl zufrieden, wartet, bis die Wirtin aufkam, die sagt ihm gleich solche Bscheid. Was sollt er tun? Er musst hinweg auf seines Vaters Schreiben; so konnt ihm die Wirtin gar nichts von seiner Ketten sagen; also fuhr er ganz traurig davon.

Über etlich Zeit schrieb er dem Wirt um sein Ketten; der Wirt schrieb um sein Geld. Als es aber lang umher ging, musst er ihm sein Geld schicken, da hielt ihm der Wirt sein Ketten auch nit mehr vor.

55.

Ein grausame und erschreckenliche Historie, so sich auch von wegen eines Kaufs oder Tauschs zugetragen hat

Dieweil wir jetzund eben von Käufen, Wettungen und Tauschen angefangen haben zu schreiben, ursacht mich auch ein grausame und ganz erschreckenliche Historie, so ich dann selbst erlebt, auch beide Personen, Weib und Mann, fast wohl erkannt hab.

Nehmt wahr, es ist ein Stadt im Elsass gelegen, Reichenweiler genannt; dieselbig ist Graf Jörgen von Württemberg zugehörig. In der wohnet ein Wirt, und hieß man das Wirtshaus zum Bären. Derselbig kam auf einmal in einer Zech mit einem andern Wirt in ein Red; ein jeder wollt, der ander wär reicher.

Zuletzt kamen sie in eine solche Wettung und Tausch, dass ein jeder aus seinem Haus von Hab und Gut gehn sollt, und der ander in seines Tauschs Haus gehn, aber aus seinem vorigen Haus nichts tragen, weder Barschaft, Silbergeschirr, Hausrat noch Kleider; nichts ausgenommen, allein was einer von Gewand zu seiner Notdurft haben musst. Alsbald schlugen sie einander den Kauf zu. Da waren von Stund an Gesellen, die tranken den Weinkauf, damit der Tausch bestätigt ward, wie man denn im Elsass ein sondern bösen Brauch hatt. Denn so solch unehrbare Käuf geschehen, findet man bald solch lose Kunden, die helfen zu solchen unehrbaren Käufen, damit sie allein den Weinkauf zu trinken haben und ihnen der Kropf gefüllt werde, es gerate der Kauf hernach, wie er wolle. Also ging es auch mit diesem elenden Tausch zu.

Nun hatten sie beide ein Zeit bestimmt, so sollt ein jeder sein Haus und Hab verlassen und in des andern Haus gehn. Der ander Wirt aber, so mit dem von Reichenweiler getauscht, war nicht in der Stadt daheim, aber allernächst dabei in einem Flecken, Hunnenweier genannt. Als nun der von Reichenweiler heimkam und seinem Weib den Tausch sagt, ward sie über die Maßen sehr betrübt, bat ihren Mann auch oft, er sollt von solchem Vornehmen abstehn und sich mit seinem Gegenteil in ander Weg vertragen; denn sie hätt sich endlich vorgenommen, eher zu sterben, ehe dass sie aus ihrem eigen Haus, von Hab und Gut ziehen wollt. Diesen Zank und Katzbalg trieben sie lang miteinander; denn der Wirt, ihr Mann, wollt dem andern vom Tausch in keinerlei Weg abreden; so wollt ihn auch jener des Tauschs und ehrbaren Kaufs nicht erlassen.

Nun ging die Wirtin von Reichenweiler groß schwanger, so dass sie gar schier geliegen sollt. Auf einen Tag hatten sie sich aber gar hart miteinander gezanket und erhadert; zu dem Mal hatt der Wirt nit sonders Gäst im Haus, denn etlich Arbeiter, so aus dem Schwaben- und Welschland ihrer Arbeit nach an das Gebirge ins Elsass ziehen; sonst war niemands im Haus denn Knecht und Mägd.

Als sie jetzt alle nach dem Nachtmahl schlafen gangen, der Hader und Zank für und für mit dem Wirt und Wirtin währt, ist in der Nacht von denen, so im Haus gelegen sind, desgleichen von etlichen Nachbarn, so am nächsten gesessen sind, ein Geschrei und Tumult im Haus gehört worden. Dieweil aber jedermann von dem Zank und Streit, so die zwei miteinander gehabt, Wissens getragen, hat jedermann gemeinet, der Wirt schlage sein Weib.

Aber der Knecht im Haus, als er seinen Meister die ganz Nacht so hört umschwirmen, ist er zuletzt aufgestanden und seinen Meister angeschrien und gesagt: »Meister, was ist doch diese Nacht für ein ernstliches Gefährt im Haus? Will euch jemands überwältigen?«

Da hat ihm sein Meister geantwort und gesagt: »Was bleibst du nit liegen? Bis zu ruhen und lege dich! Mir tut niemand nichts. Ich hab mein Weib ein wenig geschlagen.«

Also ist der Knecht wieder zu Bett gangen.

Des Morgens aber, als alles Volk im Haus aufgestanden ist, hat weder Meister noch Frau aus der Kammern wollen gehn, das man doch vor nie an ihnen beiden gewohnt gewesen. Als man aber zuletzt die Kammer aufgetan, hatt man die Frau mit viel Wunden am Bett durchstochen tot liegen, den Mann etlich Schritt vom Bett und ein Messer, mit Silber beschlagen, in ihm stecken tot liegen funden. Davon dann jedermann großen Schrecken empfangen, und hatt man solch grausam Geschicht eilends den Amtleuten angesagt. Die haben gleich, dieweil der Argwohn so groß gewesen, alle die, so dieselbe Nacht im Haus gelegen, gefänglich angenommen. Wiewohl sie unschuldig gewesen, dennoch hat sie großer Schrecken und Furcht umgeben. Zuletzt als die entleibten Personen sind begraben worden, hat man den Nachrichter von Colmar beschickt, unterstanden, die Gefangnen peinlich zu fragen.

Es hat aber der Nachrichter, als einer, so dieser Ding gepflegen, aus vielen Zeichen und argwöhnischen Stücken der Sachen gar weit Nachdenkens gehabt, dazu auch den Amtleuten geraten, mit den Gefangnen nit zu eilen; denn es wollt ihn gänzlich bedunken, der Wirt hätt solchen Mord an seinem Weib und an sich selbst begangen.

Diesen Reden haben die Amtleut, als denen die Sach hart angelegen ist, zu Herzen genommen und nachgedacht, auch je länger und mehr dem Totschläger als dem Wirt die Sach vertrauet, wie dann aus gar vielen Zeichen abzunehmen gewesen ist.

Auf dies hat man sie wieder aus der Erden lassen graben und noch fernere Zeichen an dem Mörder [gefunden], so dann sein eigen Fleisch und Blut in Mutterleib samt seinem Ehegemahl lästerlich ermordet hat; der hat ein solchen bösen Geschmack von sich gegeben, dass es unglaublich zu sagen, und ist so durch den Nachrichter an ander gewohnliche Statt, da solch verzweifelt Körpel hingehören, geführt worden. Des Weibs Körpel ist in dem Grab blieben.

Gott sei ihrer Seelen gnädig und gebe dem andern Tauscher große Reu, so nit die wenigst Ursach an diesen dreien Morden ist gewesen. Wie unrecht ist es getan, eines andern Gut so durch gefährlich Tauschen an sich zu bringen!

Diese Historie hab ich aufs Kürzest hierher müssen setzen, damit jedermann ein Genügen hab an demjenigen, so ihm von Gott beschert ist, dasselbig nicht so in Wind schlage, als wenn er die Gaben Gottes wollt verachten.

Darum lasst uns solch unehrbar Tauschen und solch gefährliche Käuf vermeiden!

56.

Wie zwen Dieb einem Pfaffen das Podagra vertrieben

Zwen Dieb hatten lange Zeit in Gemeinschaft miteinander gestohlen und allweg tugendlich, was sie bekamen, miteinander geteilt. Auf ein Zeit kamen sie in ein kleines Städtlein, aber konnten darin ihrer Gattung nicht bekommen. Zuletzt wurden sie zu Rat, gingen hinaus auf ein groß Dorf und bewarben sich um ihren Kaufmannsschatz, damit sie sich mit Ehren durch möchten bringen. Sie erkundigten sich so wohl, dass der ein einen Haufen Nüss' auf einer Hürde ersehen, zu denen er nachts wohl kommen mocht. Der ander fand einen Schafstall im Dorf, darin waren viel guter feister

Schaf und Hammel, unter denen wollt er einen stehlen. Des Morgens wollten sie Nüss' und Hammel in dem Städtlein verkaufen. Sie wussten aber kein sicher Ort im Dorf, dahin sie ihren Kram, so sie nächtlicherweile bekamen, tragen mochten. Zum letzten besannen sie sich auf den Gerner oder das Beinhaus; daselbst sollt der, so am ersten sein Diebstahl überkäm, des andern warten.

Nun war ein sehr reicher Pfaff im Dorf, der lag gar hart an dem Podagra und hatt zwen starke junge Knecht, die seiner warten mussten und ihn hin und her heben und tragen.

Es begab sich, als es ganz finster worden war, dass die zwen Dieb jeder nach seiner War ging. Der mit den Nüssen war zuerst fertig, trug einen großen Sack voll auf die Totenbein. Der ander aber, weiß nicht, was ihn verhindert, konnt nit zum Genist kommen. Sein Gesell aber, damit ihm die Zeit verging, saß auf den Totenbeinen und aß Nüss', warf die Schalen hin und wider im Gerner.

Nun begab es sich, dass dem Pfaffen in der Nacht das Licht auslöschet. Er ward zornig über seine Knecht, denn sie waren beide entschlafen, hatten die Ampel nicht geschürt. Als sie aber kein Licht schlagen konnten, sagt der Pfaff zu dem einen, er sollt ins Beinhaus gehn und ein Licht anzünden.

Der gut Gesell war geschwind auf den Füßen, lief dem Beinhaus zu, und als er jetzund die Stiegen hinabkommt, so hört er den Dieb Nüss' knacken und die

Schalen hin und her werfen, davon ihm ein großer Schrecken zustand. Er lief eilends wieder nach Haus ohn ein Licht.

Der Pfaff ward zornig. Als aber der Knecht die Ursach anzeiget, schickt er die beiden Knecht miteinander. Als sie aber auch nahe hinzukamen, hörten sie beide den Dieb auf den Beinen. Sie liefen behend wiederum nach Haus.

Als sie abermals kein Licht brachten, ward der Pfaff über die Maßen zornig und befahl seinen Knechten, gute weiche Kissen auf ein Mistbahre zu legen und ihn darauf in den Gerner zu tragen. Das geschah alles nach seinem Befehl. Sie kamen zu dem Gerner.

Der Dieb auf den Totenbeinen meint, sein Gesell käm mit dem Hammel, und schrie von den Gebeinen herab: »Tu gemach, tu gemach! Ich will dir ihn helfen heben.«

Die Knecht meinten, es wär der Teufel, ließen den Pfaffen fallen und liefen davon.

Der Dieb rumpelt über die Totenbein herab und sagt mit leiser Stimm, meint, sein Gesell wär da und hätt den Hammel. Er fragt: »Ist er auch feist?«

Dem Pfaffen ward so Angst, dass er des Podagras vergaß, lief dahin, als wär er unsinnig, der Dieb ihm nach, meint, sein Gesell wollt den Hammel allein behalten, und schrie ihm nach: »Hab ich kein Teil daran?«

»Nein«, sagt der Pfaff, »du böser Geist, dir soll kein Teil werden.«

»So sollst du auch kein Teil an den Nussen haben.«

Der Pfaff sagt: »Oh, ich will mich gern aller Nussen in Ewigkeit entziehen.«

Des Morgens schickt er nach allen Bauern und gab ihnen all die Nussen wieder, so ihm zum Zehnten worden waren, und verging ihm so sein Podagra.

57.

Ein Frank hatt sich aus einem Becher krank getrunken

Ein fränkischer guter Stallbruder war in einem solchen Brauch kommen, dass er meint, er müsst allen Tag zum Wein gehn und sich vollsaufen; des kam er zuletzt in ein große Krankheit, alles Trosts und Hoffnung zu leben sich ganz verwegen tät. Ihm ward von guten Freunden geraten, er sollt nit so kleinmütig sein, sollt doch Mittel und Rat bei dem Artzet suchen, er möcht nach dieser Krankheit wohl aufkommen. Der gut Gesell folgt diesem Rat, ließ sich den Artzet rufen; der kam eilends, den Kranken zu besichtigen, damit er ihm Rat in seiner Krankheit tun möcht.

Als er ihm nun den Harn besehen und den Puls begriffen hatt, da befand er an allen Wahrzeichen, dass ihm solche Krankheit von großem Trinken zugestanden war. Der Krank begehrt zu wissen, wie ihm sein Krankheit gefallen tät. Der Artzet war ein sehr guter schimpflicher Mann, der sagt: »Wahrlich, lieber Sohn, ich kann nichts anders an dir befinden, denn dass dich der Becher gestochen hatt. Du musst dir mit Gläsern und Bechern abbrechen, wenn du wieder deiner Krankheit aufkommest.« –

»Ja, lieber Herr«, sagt der Krank, »ich bitt, wollt Fleiß mit mir ankehren, so will ich mich aller Becher und Gläser alle meine Tag maßen. Und wenn ich schon zum Wein und guten Gesellen gang, will ich mich aus einer Fläschen vollsaufen.«

Dieser Red lachten alle Umständer und auch der Artzet, nahm Urlaub und zog seins Weges wieder nach Haus.

58.

Ein Bayer aß Salz und Brot, damit ihm der Trunk schmecken sollt

Auf ein Zeit fuhr ein mächtig Schiff auf dem Meer, mit großem Gut und Kaufmannsschatz beladen. Es begab sich, dass ein großer Fortun oder Torment an sie kam, sodass sich jedermann zu sterben und zu ertrinken verwegen tat.

Auf dem Schiff war ein grober und gar ein ungebachner Bayer. Als er von jedermann hört, dass sie sich zu versinken und zu ertrinken verwegen hatten, ging er über seinen ledernen Sack, nahm daraus ein gute große Schnitten Brot, rieb ein gut Teil Salz darauf, hub an und aß das ganz gütiglich in sich, ließ ander Leut beten und Gott und seine Heiligen anrufen.

Als nun auf das Letzt der Torment verging und alles Volk auf dem Schiff wieder zur Ruhe kam, fragten sie den Bayern, was er mit seiner Weis gemeint hätt.

Der gut Bayer gab auf ihr Fragen Antwort und sagt: »Dieweil ich von euch allen hört, wie wir untergehn und gar ertrinken sollten, aß ich Salz und Brot, damit mir ein solcher großer Trunk auch schmecken möcht.«

Dieser Wort lachten sie genug.

59.

Von einem, der Gott für seine Armut dankt

In aller ganzen Welt ist ein armer Mann unwert, er komm gleich, wo er woll; hab auch nie von keinem vernommen, der sich seiner Armut gefreut oder getröst hab, denn eben diesem guten Companien, der dann eben ziemlich an Gott seiner Armut halber sehr großen Dank gesagt. Das aber fügt sich dermaßen.

Als der Franzos mit einem großen Volk in das Elsass zogen und jetzt schon über die Zaberner Steig kommen war, ist ein reicher Domherr zu gemelten Gesellen kommen und hat ganz ernstlich mit ihm von den schwebenden Läufen geredet: »Ach, mein Zentius (so hieß der gute Freund), was meinst du, dass aus diesem Krieg und Wesen werden woll? Ich sorg, der Franzos werd uns plagen und zu armen Leuten machen.

Ich weiß nit, wie ich mein Dingen tun soll. Hätt ich nur 14 Tag länger Ziel, ehe denn er käm!« –

»Ho«, sagt dieser, »wenn ich in eurem Hemd steckt, ich wüsst mich wohl zu halten.« –

»So rat mir auch, lieber Zentz! Wie soll ich ihm tun?«

Dieser gab ihm gar mit ernstlichen Gebärden, wie er denn in gemeinem Brauch hat, Antwort: »Tut eins«, sagt er, »und geht zum Schultheißen, bittet ihn um den Stab, ist euch um zwen Pfennig zu tun, gebt die einem Weibel und lasst ihm gebieten, dass er dieser Stadt Zwing und Beinen müßig gang, so muss er nach der Stadt Ordnung 14 Tag warten.«

Der Pfaff merkt den Spott, so dieser mit ihm trieb, ward etwas darob erzürnt und sagt: »Ja, du hast gut davon zu reden, dein Sach steht jetzund wohl, dieweil du nichts zu verlieren hast.«

Darauf sagt dieser: »Das sei Gott gelobt! Jetzund sieh ich erst, wozu die Armut gut ist; ich wollt aber nit, dass ich mehr hätt, denn ich hab.«

60.

Ein Schwab beklagt sich, dass Gott nit auch im Schwabenland geweint hätt als wohl als in Italien

Ein gut fromm einfältig Mann aus dem Schwabenland zog gen Rom wallen. Als er nun nach Italien kommen ist, hat er bei einem Wirt eingekehrt, der hat ihn schön empfangen; denn er wohl Geld zu verzehren hatt. Der Wirt hat ihm vorgetragen, was er Guts gehabt hatt, dazu die allerbesten Wein, so man in Italien hatt, als Veltelin, Reinfall und ander gute Geschleck; die haben dem guten Schwaben gar wohl geschmeckt.

Deshalb er zuletzt den Wirt fragen tat, was doch solches für Trank wäre; hat sich der Wirt gleich gedacht, er hätt einen rechten Kunden ausgangen; denn er war auch ein geborener Deutscher und ein großer Spottvogel. »Lieber Freud«, sagt er, »der Trank, so ihr nachfragt, sind unsers Herrgotts Zähr.« –

»O«, sagt der Schwab, »du lieber Gott, warum hast du nicht auch im Land zu Schwaben geweint?«

Dieser guten einfältigen Leut findet man nit viel mehr bei unsern Tagen.

61.

Ein reisiger Knecht ritt einen Büchsenschuss von Colmar, entschläft, kommt wieder hinein, meint, er sei zu Schlettstadt

Zu Colmar zum Wilden Mann hat der Wirt Hochzeit, und was für Gäst in denselbigen zwei Tagen in die Herberg kamen, von denselbigen nahm er gar kein Ürten, sondern hat sie allesamt zu Gast.

Es kam auch eben in der Zeit ein reisiger Knecht von dem württembergischen Hof dahin, der nahm den Wein dermaßen zu sich, als er hinaus vor die Pforten kam, stand er von dem Pferd ab und legt sich nieder, entschlief. Der Gaul war ledig, lief im Feld umher, ward von einem Bürger gefangen und an die Pforten geführt.

Als nun der gut Reiter erwacht, mangelt er seines Gauls, davon er sehr übel erschrak; er lief eilends der Stadtpforten zu, fragt nach seinem Pferd. Das hat einer aus der Stadt aufgefangen und an die Pforten geführt und angebunden; des ward das gut Reiterlein froh, saß auf sein Ross, meint nit anderst, denn er wär zu Schlettstadt und ritt wiederum in die Stadt.

Als er aber wieder zu der Herberg zum Wilden Mann kam, sah er erst, wo er war; musst also die Nacht bleiben, denn es schon after Tagzeit war, und ward jedermann zum Spott.

62.

Von der Bäuerin und der süßen Martinsmilch

Ein reicher Bauer saß in einem Dorf, der hatt gar ein großen Brauch von Knechten und Mägden. Nun begab sich auf Sankt Martinsnacht, dass er seinem Hausgesind die Martinsgans gab, und er hat ein sehr gut Mahl zugerichtet von Gesottenem, Gebratenem, Hühnern, Gänsen und Schweinebraten. Dazu hat er die allerbesten und stärksten neuen Wein, so er ankommen mocht. Das Gesind musst allesamt voll sein und nur tapfer bausen.

Zuletzt, als der Tisch aufgehoben, bracht die Bäuerin

erst ein groß Kar mit guter süßer Milch. Darin stiegen sie mit den Löffeln und hatten gar ein guten Schlemm. Insonderheit die Bäuerin tat nit anders, denn wenn ihr die Milch entlaufen wollt.

Der Bauer sagt: »Gemach, mein liebe Greta! Denn dir die Milch sonst weh tun wird, wenn du schlafen gehst.«

Die Bäuerin kehrt sich nicht an den Bauern und aß nur desto fester.

Als aber nun die Drescher schlafen gangen waren, hat in der Nacht den einen Drescher sehr angefangen zu dürsten. Als er aber im Bett gelegen und gar findlich mit dem Maul geschmatzt, hat ihn sein Gesell zuletzt gefragt, was ihm angelegen wäre. Da hat er ihm seinen großen Durst angezeigt.

»Schweig«, sagt der ander, »ich will dir bald helfen, denn die Milchkammer steht noch offen. Ich will uns gehn ein guten Hafen mit Milch zuwege bringen.«

Nun war die Milchkammer zunächst an der Drescherkammer, und auf der ander Seiten war des Bauern Kammer, die stand auch noch offen. Als nun der ein Drescher in die Milchkammer kommen war, groppet er so lang, bis er die Milch fand.

Er trank sich recht genug satt, nahm danach ein große Milchkachel voll, wollt die seinem Gesellen bringen, damit er seinen Durst auch löschen mocht. Und als er aus der Milchkammer ging, verfehlet er des Wegs. Denn als er meint, er ging wieder zu seinem Gesellen, kam er in des Bauern Kammer.

Da lag die Bäuerin mit bloßem Hintern unbedeckt. Der gut Drescher meint, es wär sein Gesell, der wär wieder entschlafen, hob ihr die Milch vor den Arsch. In dem ließ die Bäuerin einen Blast von sich gehn.

Der Drescher sagt: »Du Narr, was blasest du an der kalten Milch? Ich mein, du seiest noch voller Wein seit nächtens.«

In dem entfuhr der Bäuerin noch ein Blästerling. Da ward der Drescher erzürnet, erwischt die Milch, vermeint, die seinem Gesellen in das Angesicht zu schütten, und schüttet sie der Bäuerin in den Hintern.

Davon erwachet die Bäuerin und wusst nit, wie ihr geschehen war. Sie gehub sich übel davon. Der Bauer, auch aufgewacht, fragt sie, was ihr geschehen wär.

»O weh«, sagt die Bäuerin, »ich weiß es nit, ich lieg ganz nass in dem Bett.«

Der Bauer sprach: »Sagt ich dir's nit nächtens, als du der Milch so viel essen tatest? Dir ist eben recht geschehen.«

Der Drescher schlich aus der Kammer, befand erst, dass er grob gefehlt, kam wieder zu seinem Gesellen.

Der war gar zornig über ihn, sagt, wo er so lang ausbliebe, der Durst möchte einem in so langer Zeit dreimal vergangen sein.

»Lieber Gesell«, sagt dieser, »du weißt nit, wie es mir gangen ist. Als ich mit der Milch aus der Kammer gehn wollt, kam mir die Bäuerin entgegen, schalt mich ein Dieb und ging mich fast übel an, wiewohl sie mich nit erkannt. Damit sie mir aber nit nachfolget bis in unser Kammer und mich erkennt, nahm ich die Milch und schüttete ihr die in das Angesicht. Also komm ich ohne die Milch.«

Also beschiss dieser Drescher der Bäuerin ihr Bett und beredet seinen Gesellen auch, dass der ihm glaubt, wie er ihm gesagt hatt.

63.

Von einem laut schreienden Mönch auf der Kanzel und einem alten Weib

Zu Poppenried wohnet ein Mönch, der dieselbig Pfarr sollt versehn. Er hatt ein überaus grobe Stimm. Wenn er auf der Kanzel stand, wer ihn vormals nit gehört hatt, der meinet, er wär von Sinnen kommen gewesen.

Eines Tages hatt er abermals ein solch jämmerlich Geschrei. Da war ein gute alte Wittfrau in der Kirchen, die schlug beide Händ hart zusammen und weinet gar bitterlich. Das nahm der Mönch gar eben wahr.

Als nun die Predigt ausging, der Mönch zu der Frau sprach, was sie zu solcher Andacht bewegt hätt.

»O lieber Herr«, sagt sie, »mein lieber Hauswirt selig, als er aus dieser Zeit scheiden wollt, wusst er wohl, dass ich mit seinen Freunden sein verlassen Hab und Gut teilen müsst. Darum begabt er mich voraus mit einem hübschen jungen Esel. Nun stand es nit sehr lang nach meines Mannes seligen Tod, der Esel starb mir auch. Als ihr nun heut Morgen so mit einer großen und starken Stimm auf der Kanzel anfingt zu schreien, gemahntet ihr mich an meinen lieben Esel; der hat gleich ein solche Stimm gehabt wie ihr.«

Der Mönch, so sich eines gar guten Geschenks von dem alten Mütterlein versehen hatt und dabei eines großen Ruhms von ihr gewärtig war, fand ein gar verächtliche Antwort, sodass sie ihn einem Esel vergleichen tät.

So geschieht noch gemeinhin allen Ruhmgierigen; wenn sie vermeinen, großen Ruhm zu erlangen, kommen sie etwa zu allergrößtem Spott.

64.

Von einem Bauern, welchem das Maul unwissend aus der Angel kam, und wie ihm wieder geholfen ward

In einer Stadt im Elsass gelegen kamen an einem Wochenmarkt etlich fremd Wundartzet, Scherer und Steinschneider zusammen. Es war einer unter diesen Meistern, der wollt einem Bürger sein Sohn das Scherhandwerk lehren; sie kamen also in einem Wirtshaus zusammen, damit sie des Verdings eins würden. Es war aber ein voller Bauer im Wirtshaus; was man redet oder handelt, wollt er allweg zu allen Sachen sein Pfennigwert auch reden und mehr denn ander Leut vom Handel wissen. Das denn nit unbillig die guten Meister verdrießen ward, und sie nit desto minder mit ihrem Handel fortfuhren.

Als nun der voll Bauer merkt, dass man ihm aus seiner Red nichts nit wollt kommen lassen, legt er sich zwischen zwen Tisch nieder auf einen Bank und ward hart entschlafen.

In dem wurden die guten Herren mit ihrer Sach fertig. Bald ersieht einer unter ihnen den vollen Bauern auf dem Bank. Er sagt zu den andern: »Jetzund wollt ich den Bauern wissen zubereiten, dass ihn sein eigen Weib nit mehr kennen müsst.«

Das begehrten sie alle zu sehen, wenn es ohn Schaden zugehn möcht. Bald nahm der Scherer seinen Rock um sich und stand über dem Bauern, richt ihm in einem Augenblick das Maul aus der Angel sonder allen Schmerz, davon der Bauer ein scheußlich Ansehen gewann, kein Mensch so scheußlich je gesehen hatt. In dem aber von den andern sich ein groß Gelächter erheben tat, kam der Wirt in die Stuben, hätt auch die Ursach ihres Gelächters gern gewusst. Bald zeigen sie ihm den vollen schlafenden Bauern mit seinem weiten aufgespannten Maul, davon der Wirt erschrak, konnt nit wissen, was Zufalls dies war. Er ging eilends hinzu, schüttelt den Bauern, so fest er mocht, bis dass er ihn von dem Schlaf auferwecket, fragt ihn, was ihm so schnell wär zugestanden.

Der Bauer hatt den Mangel noch nit befunden, wollt dem Wirt Antwort geben, da konnt er gar nit mehr reden und kein Wort aussprechen, denn was er sagt, war nur A a a.

»Ach Gott«, sagt der Wirt, »wie ist doch diesem guten Mann geschehen?«

Als nun der Bauer recht erwachet und befand, dass er gar nit mehr reden konnt, dazu das Maul nit mehr zutun, da fing ihm an vor großer Angst die Trunkenheit zu vergehn, er ward ganz nüchtern, gehub sich mit Weis und Gebärden fast übel, konnt's aber gar nit zu Worten bringen.

Der Wirt, so ein sonder groß Mitleiden mit dem Bauern hatt, fragt ihn, ob er die Krankheit zuvor mehrmals an sich gehabt hätt.

Der Bauer schüttelt den Kopf, konnt aber nichts sagen denn A a a.

Zuletzt sagt der Meister, so ihm das Maul aus den Schlossen gehebt hatt: »Ich wüsst ihm wohl in einem Hu zu helfen, wenn ich gedächt, dass er mir auch lohnet für mein Kunst.«

Der Bauer hob beide Händ gegen ihn auf, gab mit dem Haupt Zeichen, er wollt ihn seiner Arbeit wohl lohnen. Also fordert er einen Gulden, der müsst vor allen Dingen bar liegen. Bald erwischt der Bauer einen Teller, zahlt einen Gulden darauf, trug den so mit aufgesperrtem weitem Maul zum Tisch, davon abermals ein groß Gelächter vorging.

Also nahm ihn der Meister wieder unter den Rock, hatt ihm augenblicklich das Maul an sein alte Statt gericht. Die andern guten Herren fingen an zu der Sachen reden, er sollt dem Bauern etwas von dem Gulden wieder geben, dieweil er doch das so mit ringer Arbeit gewonnen hätt. Zuletzt ward die Rechtung gemacht, dass er ihm die zwen Dickpfennig wieder gab, den dritten verzechten sie.

Dies war des unverschämten schwätzigen Bauern Straf.

65.

Einem ward ein Zahn wider seinen Willen ausbrochen, als er gern gessen hätt

Ein Kaufmann aus dem Schwabenland schickt einen jungen Diener nach Italien, seine Geschäft eines Teils darin auszurichten. Dem Jungen aber kam es sehr übel; denn er des Welschen gar nit bericht war.

Er kam in ein Stadt, darin konnt er sich gar nit erfragen aus Mangel der Sprach. Nun hätt er fast gern gessen und wusst nienen kein Wirtshaus. Von ungeschicht begegnet ihm ein Deutscher, den erkannt er an seiner Kleidung; er grüßt ihn auf gut Deutsch. Dieser danket ihm gar freundlich. Also bat er ihn, er sollt ihm ein Wirtshaus weisen. Der gut Gesell war ganz willig, sagt ihm, wenn er stracks für sich ging die lange Gassen hinauf, würd er einen gemalten Schild vor der Herberg hängen sehen; daselbst sollt er einkehren, dann er fänd gut Herberg.

Als er aber die Gassen aufging, sieht er vor einem Scherhaus ein gemalten Schild hängen. Er meinet, er wär des Wirtshaus, von dem ihm gesagt war, zog hinein. Sobald er in die Stuben kam, standen der Meister und die Knecht gegen ihm auf, meinten, er wollt zwagen oder scheren. Als sie ihn aber in Welsch fragten, was ihm angelegen wär, deutet er auf den Mund mit der Hand, meint, er wollt gern essen. Die Scherer aber verstanden, er litt Schmerzen an einem Zahn, denselben wollt er ausbrechen lassen. Bald setzt man ihm einen Stuhl dar und ein Kissen, darauf hieß man ihn niedersitzen; von Stund an kam der Meister mit seinem Instrument und wollt ihm gleich ins Maul mit. Da der Jung solches merkt, unterstand er sich zu wehren. Der Meister befahl den Knechten, sie sollten ihn heben, denn er litte große Schmerzen an den Zähnen. Also warfen sie ihn zurück und brachen ihm wider allen seinen Willen einen Zahn aus.

Deshalb es nit gut ist, in ein jedes Wirtshaus einzukehren.

66.

Von einem Scherer, der seiner Muhme Senf unter das Blut schütt

Es war ein Scherer, der hat ein Basen, die kam zu viel Malen zu ihm, dass er ihr lassen oder ein Ader schlagen musst, welches er zu Zeiten mit großem Unwillen tat.

Er wusst nit, womit er ihr doch das Lassen verleiden möcht, damit sie ihn nit so viel Male überlief.

Eines Tags kam sie abermals, ließ auf der Median ein Ader schlagen, bat ihren Vetter, er sollt ihr Blut besonder stellen, bis dass sie wiederkäme, denn sie möcht wohl sehen, was es für ein Farb gewinnen wollt.

Als nun die gut Frau hinwegkam, da nahm er geschwind ein Löffel mit Senf und schütt den unter das Blut und rührt's umeinander; da gewann es gar ein wunderbare scheußliche Farb. Nit lang danach kam die gut Frau und wollt ihr Geblüt besehen. Der Scherer (oder, wie man sie an andern Orten nennt, Balbierer) führt sie dazu. Als sie das ungeschafe Geblüt sah, erschrak sie über die Maßen; denn sie meint sich des Todes ganz eigen zu sein.

Der Balbierer tröst sie und sagt: »Mein liebe Bas, du sollst nur ein guten Mut haben; du bist jetzund von vielen sorglichen Fiebern erlöset. Sollt dies Geblüt bei dir geblieben sein, was meinst du, dass anders denn gar sorgliche Fieber daraus entsprungen wären?« Damit beredet er sie, dass ihm die gut Frau aller seiner Red glauben gab.

Sie bat ihn gar freundlich, er sollt's noch nit ausschütten; denn sie hätt eine Gevatterin, der wollt sie es zeigen, sie würd sich nit wenig darab verwundern. Sobald sie solches gesagt, lief sie, sammelt ein große Schar Weiber, sagt ihnen von ihrem Blut und wie es so gar ein schädlich Ding um den Senf wär, dass er das Geblüt miteinander vergiftet; führt sie damit über das Geblüt. Also ward bald ein ganz lautbrecht Geschrei in der Stadt, wie von der guten Frau wäre Senf im Geblüt gewesen.

Als nun der Scherer meint, es wär jetzund weit genug ausgeschollen, hatt er etlichen Weibern und Mannen davon gesagt, wie es sich zugetragen und verloffen hab; dieselbigen haben ein sehr großes Gespei damit getrieben. Zuletzt ist es der guten Frau auch vorkommen, die dann auch von manchem verspeit ward. Diese Schmach hatt sie von ihrem Vetter so zu hohem Zorn angenommen, dass sie gänzlich verredet hat, in sein Haus nit mehr zu kommen, welches ihm mit ganzem Lieb ist gelebt gewesen. So kam er ihr mit ihrem Lassen ab.

67.

Von einem Pfaffen, der bei Nacht auf einem Wasser seltsam Abenteuer erfahren hatt

Ein guter, frommer, einfältiger Pfaff, so nie mit dem Teufel zur Schulen gangen war, ging auf ein Zeit über Feld. Er war in seinen Tagen nit viel gewandert, hatt wenig von weltlichem Brauch erfahren. Das gut Herrlein kam in einen sehr dicken Wald, darin überfiel ihn die Nacht so gar gächlingen, dass er nit wusst, woaus oder wohin er sollt. Es umgab ihn ein sehr große Angst; er ging hin und wider in dem Wald. Zuletzt kam er zu einem großen Wasser; da ward er gewahr, dass Leut vorhanden waren. Erst lief ihm die Katz den Rücken auf; denn er sorgt, es wären Mörder, so ihr Aufenthaltung in dem Wald hätten. Der gut Pfaff säumt sich nicht lang, kroch zu allernächst am Wasser in ein dicke Hurst, um sich vor den Leuten, so er reden hört, zu verbergen. Der Mond schien gar hell, dass er weit auf das Wasser sehen mocht; in dem sieht er vier Fischer in zwei Weidschiffen daher schalten; die warfen ihre Garn gleich an dem Hammar in das Wasser, da der Pfaff in der Hurst steckt. Als sie die Garn wieder ziehen wollten, war ihnen ein großer Dorn in das Garn kommen, davon sie ganz unwirsch und ungeduldig wurden; sie fingen gar grausam an zu schwören. Als das der Pfaff hört, ward ihm gar Angst, denn er gedacht, Gott wird das ganz Erdreich von wegen solcher ungebührlichen Schwür unter lassen gehn, wie es denn nit ein Wunder wär. Nun, als die Fischer die Dornen aus dem Garn geledigt hatten, stiegen sie in ihren großen Wasserstiefeln an das Land, zogen ihre Brotsäck hervor; und, wie ihr Brauch ist, fingen sie tapfer an zu schlemmen. Stiegen nach dem Schlam wieder in ihre Schiff und fuhren weiter nach ihrer Nahrung. Dies alles hatt der gut Pfaff gesehen und gehört, konnt oder wusst sich aber gar nichts daraus zu verrichten. Er erwartet des Tags mit großen Sorgen. Als der jetzund vorhanden war, kroch er aus der Hurst, ging so lang, bis er aus dem Wald kam. Da sah er erst, wo er daheim war.

Den nächsten Sonntag, als er seine Predigt vollendet und nach gemeinem Brauch für alle Ständ, geistlich und weltlich, bitten ward, fing er zuletzt an und sagt: »O liebe Freund, helft mir Gott bitten für das Volk in den großen Stiefeln, so zu Nacht auf dem Wasser fahren, dass ihnen kein Dorn ins Garn komm! Sonst fangen sie an zu schwören, es möcht der Himmel herabfallen. Ich sag euch, dass es ein unnütz Volk ist; was ander Leut des Tags ersparen, fressen sie zu Nacht. Gott sei gedankt, so mir von dem unnützen fressigen Gesind geholfen hat!«

Diese Fabel sei gleich ein Gedicht oder ein Geschicht, so ist doch leider ein solcher böser Brauch bei den Fischern entstanden (aber nit bei allen), dass ich glaub, man unter allen Hantierungen nit ein solch ruchlos Volk findet, so an ihrer bittern, sauern und sorglichen Arbeit Gott so lästern, dass es wahrlich nit ein Wunder wär, Gott straf sie gleich an der Statt. Der Herr geb sein Gnad, damit solch Gotteslästerung bei diesem und anderm Volk ein End nehme und sie dafür seinen heiligen Namen preisen und ehren! Dazu helf uns Gott der Vater, Gott der Sohn und Gott der Heilig Geist! Amen.

End des Rollwagenbüchleins

Zusätze späterer Ausgaben

68.

Von einem, der sein Schuld beichtet

Im Schweizer Land zu Luzern ist es in der Fasten geschehen, so jedermann beichten muss, dass auch allda ungefähr gewerchet hat ein junger freudiger Gesell mit Namen H.R.E. Zu demselben spricht sein Meister: »Es ist der Brauch allhie, dass jedermann muss beichten. Darum so schick dich auch dazu!«

Welcher antwortet: »Das will ich tun, Meister.« Und geht in dem hin gen beichten.

Als er nun vor den Pfaffen niederkniet, spricht er: »Herr, ich geb mich schuldig«, und schweiget damit.

Der Pfaff spricht: »Sag weiter!«

Er beichtet: »Ich bin dem Wirt zur Kronen anderthalb Gulden schuldig, die ich allda verzehret hab. Weiter dem Wirt zu dem Löwen ein Gulden, dem Wirt zum Salmen zwölf Batzen.«

Nach dem besinnt er sich, wo er mehr schuldig sei; so spricht der Pfaff: »Kannst auch beten?«

Antwortet er: »Nein.«

Spricht der Pfaff: »Das ist bös.«

Antwortet, der da beichtet: »Darum hab ich's nit wollen lernen.«

Der Pfaff schandlächlet und sprach: »Wes bist?«

Er antwortet: »Meins Vaters.«

Der Pfaff sprach: »Wie heißt dein Vater?«

Er antwortet: »Wie ich.«

Der Pfaff sprach: »Wie heißt du?«

Er gab Antwort: »Wie mein Vater.«

Der Pfaff fragt ihn hinwieder: »Wie heißt ihr all beide?«

Er antwortet: »Einer wie der ander.«

Der Pfaff, wiewohl er ergrimmt war, spricht dennoch sanftmütiglich zu dem Jüngling: »Gang hin! Ich kann doch nichts mit dir schaffen.«

69.

Von einem Knäblein, das meisterlich wohl kegeln konnt, war aber noch zu jung lernen beten

Es kam in eines Herrn Wirtshaus geritten ein reicher Kaufherr ein Stund oder zwo vor dem Nachtessen; und als er sich die Stiefel hatt ausziehen lassen, spricht der Wirt zum Kaufmann: »Herr Gast, lasst uns ein wenig spazieren gehn! Es ist doch noch zu früh, zu Nacht zu essen.«

Sobald das das Henßle, des Wirts Söhnle, hört, ruft er: »Vater, lass uns kegeln!«

Der Vater antwortet: »Lass sehen, mein Büble, was kannst!« Damit wollt er dem Herren die Weil kürzen.

Das Büble setzt die Kegel auf, konnt's auch meisterlich umwerfen, bass denn der Vater selbst, ließ auch zu Zeiten ein Schwur damit laufen, welches dem Vater alles wohl gefiel.

Der Kaufherr gedacht: »Der wird wohl geraten«, wie man spricht. Doch zuletzt konnt er sich nit überheben und musst dem Wirt ein Pfeil schießen und spricht: »Herr Wirt, wie alt ist euer Büble? Er kann bass kegeln weder kein Alter.«

Der Wirt antwort: »Er geht erst in das elft Jahr.«

Der Kaufherr fragt ihn weiter: »Kann er auch beten?«

Antwortet der Wirt: »Was sollt er können beten? Er ist noch ein Kind.«

Und der Kaufherr lächelt bei sich selbst, gedacht daneben: »Kann das Büble schwören und so wohl kegeln, ist aber noch zu jung zu lernen beten!«

Ach du schnöde Welt, wie bist doch du so blind, und zeuchst deine Kind so schändlich! Hätt das der Wirt von einem andern gesehen, hätt's können merken und den strafen; aber gegen sein Kind war er sehend blind.

70.

Von einem geschwinden jungen Gesellen, der einen Löffel mit Silber beschlagen in Busen stieß, damit er einen gestohlenen Löffel hervorbracht

In einem guten Mahl waren versammelt etlich seltsam Knaben, die den Wirt tapfer hießen auftragen und zechten redlich. Nun in aller Zech einer unter ihnen stößt einen Löffel mit Silber beschlagen heimlicher Weis in Busen, damit er der Zech halber nit zu teuer käme. Welches einer unter ihnen ersehen, stößt auch einen in Busen. Als man nun schier gessen hat und der Wirtsknecht die Löffel aufhob, bracht er's dem Wirt. Welcher spricht: »Es mangeln zwen Löffel«, und geht damit in die Stuben.

So der Nachgehnder, der auch ein Löffel im Busen gehalten hat, den Wirt erblickt, gedenkt er: »Er wird die Löffel fordern«, und zeucht den seinen hervor blößlich, dass man den silbernen Stiel konnt sehen.

Als der Wirt bei dem den Löffel ersieht, geht er herzu und reißt ihn hervor, spricht: »Find ich dich da!«

Der den Löffel hat gehebt, antwortet: »Ist's einem andern recht, so ist's mir auch recht!« und zeigt damit auf den, der von ersten Stehlens halber einen in Busen hat geschoben.

Und werden so dem Wirt die Löffel wieder, und bleibt auch der, der den Löffel von ersten verschoben hat, ungeschmäht.

71.

Von einem Reiter, der seinen Hund auch in das Bett legt

Gen Weesen im Oberland gegen der Nacht ist kommen ein Reiter in ein Wirtshaus, der den ganzen Tag von wegen des Wetters hat müssen durchs Kaat reiten, welcher bei sich hatt ein großen zotteten Vogelhund, der sehr beschissen war. Als man zu Nacht aß, warf der Reiter zum dickeren Mal seinem Hund zu, etwa ein Stück Brots, etwa ein Bissen abschätzigs Fleischs, etwa ein Bein.

So das der Wirt ersieht, gedenkt er bei sich selbst: »Ich will dir die Zech wohl machen.«

Nachdem sie gessen hatten, und der Wirt von jedem Gast die Zech eingenommen, spricht er zu dem Reiter: »Herr Gast, ihr müsst zwo Zech geben, eine für euch und eine für euren Hund; denn ihr habt ihm wohl so viel zuher geworfen, Brot, Fleisch und anders.«

Der Reiter lächelt und antwortet: »Was ich tun muss, das will ich gern tun«; und gab dem Wirt die zwo Zech, vier Schweizer Batzen.

Als nun der Wirt jedermann hat nieder gewiesen, führt er diesen Reiter in ein besonders herrliche Schlafkammer, darinnen zwei schöne Bett standen; gedacht: »Er hat die Ürten wohl bezahlt; willst ihm auch ein Ehr antun und in ein gut Bett legen«; und wünschet hiemit dem Reiter ein gute Nacht.

Der Reiter nit ungeschwind, ruft seinem zotteten Hund und legt ihn in das beste Bett so beschissen und gedacht: »Hab ich die Zech für dich müssen geben, sollst billig auch wohl liegen.«

Der Hund, wie denn ihr Gewohnheit ist, zerscharret das Bett und macht sich ein Lager. Morgens, so der Reiter war aufgestanden und die Hausmagd das Bett sollt machen, war es gar geschändet. Der Wirt vernimmt das und verklaget den Reiter vor der Obrigkeit, er solle ihm das Bett bezahlen. Der Reiter erzählt der Obrigkeit, wie er für den Hund hätt müssen die Ürten, zwen Batzen, bezahlen, so wäre es doch billig, dass er auch wohl läge.

Die Richter lachten zu dieser Sach und erkannten den Reiter ledig, straften daneben den Wirt, dass er keinem Hund in der Gestalt sollt die Zech mehr machen.

72.

Von einem Einsiedler, der sein eigen Schwester ermordet

Zu Grüningen saß ein sehr reicher Mann, der hat ein einzigen erwachsenen wohlgelehrten Sohn und ein Tochter. Demselben Sohn kam in sein Gedanken, ein Einsiedler zu werden und dadurch in Himmel zu kommen; dasselbe konnt ihm weder Vater, Schwester, noch Freund erleiden. Geht von seinem Vater, Schwester,

Haus und Hof und allem Reichtum auf anderthalb Meil von der Stadt in einen Eichwald und macht sich selbst allda ein Hütten, darin er, verschieden von der Welt, Mut hat, Gott zu dienen. Sein Speis und Trank bettelt er in den nächsten umliegenden Flecken und Dörfern und führt so ein strenges Leben mit Beten, Fasten und Arbeiten an den gemeinen Wegen; da verwarf er die Karrenleisen, trug in die tiefen Löcher Holz und Stein und füllet's aus, bessert so die gemein Straßen weit und breit. Das trieb er ein lange Zeit, wohl zehn Jahr lang.

Auf ein Zeit kam ihm vor im Traum zu Nacht, so er in seinem Bett lag und schlief, ein Stimm sprechend: »Der Herr hat mich zu dir geschickt, dass ich dir solle verkünden diese Wort: Unter diesen dreien Lastern musst eins vollbringen, welches dir erwählen wirst, nämlich einmal dich voll trinken, oder einmal in Unkeuschheit leben, oder ein Totschlag tun. Deren eins will der Herr von dir haben.« Und in dem verschwand die Stimm wieder. –

Der Einsiedler erwachet ab der Stimm und erschrak sehr übel, gedacht ihm nach und sprach zu sich selber: »Soll und muss ich eins aus diesen dreien bösen Lastern erwählen, das wird mir schwer sein; denn ich mein Lebtag nie keins im Sinn hab gehabt, geschweige erst tun.«

Und doch trieb ihn sein Gewissen Tag und Nacht, früh und spät, dass er des Herrn Befehl vollbrächte, wie er meint. Nach langem Eifer und Nachtrachten, doch ungern, erwählt er sich die Trunkenheit, vermeint, dieselbige wäre die ringest.

Auf ein Zeit schrieb er seiner Schwester gen Grüningen einen Brief, die in großen Ehren und Reichtum saß, sie sollte doch einmal zu ihm kommen und mit ihr bringen ein Fläsch voller Wein und sich mit ihm noch einmal ersprechen; alsdann wolle er sich aller Freundschaft, auch der ganzen Welt entziehen und sich dem Herrn gar ergeben.

Solches so die Schwester im Schreiben vermerket, begehrt sie das mit ganzem Fleiß zu vollbringen; denn sie und alle Menschen hielten ihn für ein heiligen Mann. Und geht zu ihm hinaus allein an einem Feiertag, wohl geladen mit Wein und Brot und anderem Gewürz, sich mit ihrem Bruder allein zu ergötzen.

Als sie zu ihm kam, wurden sie beide von Herzen froh, und er empfängt die Schwester in aller Zucht und Ehre, sitzen so zusammen und ersprechen sich miteinander. Er fraget sie, wie es dem Vater gange, auch was Manns und wieviel Kind sie habe. Die Schwester bericht ihm aller Dinge, und im Schwätzen schmöcht sie ihm immerdar die Fläschen, auf dass sie ihn möcht fröhlich machen.

Bei langem wird der Bruder voll (denn er hat des Trinkens nit gewohnet), setzt sich auch näher zu der Schwester und griff sie etwa an. Die Schwester achtet es nit, denn sie gewann ein Freud darab, dass ihr Bruder so fröhlich war, trauet ihm auch nichts Böses. Doch bei langem wird der Bruder gar entzündet und schändet die Schwester mit Gwalt.

Nach der Tat gedacht er: »Es wird von mir auskommen, so ich sie lass wieder heimgehn«, geht hin und ermordet's gar. Also vollbringt er diese Laster all drei, vermeint, er hätt das ringest erwählet.

O Trunkenheit, was stiftest du! Du bist nit das ringfügest Laster unter all ander Laster.

73.

Von einem gar gelehrten Mann, der zu Speyer mit List ein landsknechtischen Edelmann strafte seines Schwörens halber

Es hat sich begeben, dass zusammenkommen sind zu Speyer in einem Wirtshaus, zum Schwanen genannt, ein gelehrter Mann und auch rauer kriegerischer Edelmann, welcher bei sich hat ein guten einfältigen Knecht. Im Nachtessen war die Red des Edelmanns schier gar allein, welcher immerdar von seinem Kriegen sagt, Stürmen, Schlachten, Hauen und Stechen, wie er vor Ofen so manchen Türken hätte umgebracht, wie er sich so wohl in Napels gehalten hätt; wäre er nit gewesen, man hätte Städt und Schlösser verloren. Und [schwor] denn dazu, dass sich der Himmel möchte biegen, bei Gott und seinen Heiligen, und viel ander seltsam unerhörte Schwür zog er hervor. Der gut gelehrt Mann mocht nit zur Red kommen, hätte gern etwas von Gott und seinem Wort einherzogen, so konnt er nit zum Fechten kommen vor dem Edelmann.

Zuletzt hört der Edelmann ein wenig auf schwätzen und schwören; so spricht der gelehrt Mann: »Fester Junker, es ist ein fein Ding um ein Kriegsmann. Er erfährt viel, sieht und hört viel, durchzieht viel fremde Land. Es ist kein Handel auf Erdreich, der mich mehr hat angefochten, denn ein Kriegsmann zu werden; so hat es alle Zeit nun ein Ding gewendet.«

Der Edelmann spricht: »Weiser Herr, was ist doch das gewesen?«

Der gelehrt Mann antwortet: »Ich hab allzeit besorget, ich müsse auch so übel schwören.«

Der Edelmann schwieg still und schandlächlet dazu; aber sein Knecht, der vor dem Tisch stand, spricht: »Herr, es mag wohl einer ein Kriegsmann sein, muss darum nit so übel schwören.« Also ward ob dem Tisch ein ganze Stille, und schämet sich zum Teil der Edelmann.

Wozu ist es leider kommen, dass man schier kein Wort mehr reden kann, man lasse denn ein Schwur damit laufen, und missbrauchen so Christi unsers Herrn Leiden und Sterben zu unseren unnützen Worten! Wie müssen wir Gott dem Herrn so große Rechenschaft darum geben!

74.

Von einem Kind, das kindlicher Weis ein ander Kind umbringt

In einer Stadt, Franeker genannt, gelegen in Westfriesland, da ist es geschehen, dass junge Kinder, fünf-, sechsjährige Maidle und Knaben, haben miteinander gespielt und haben ein Büble geordnet, das soll der Metzger sein, ein anders Büble, das soll Koch sein, ein anders soll ein Sau sein. Ein Maidle haben sie geordnet, soll Köchin sein, wieder ein anders Unterköchin, das solle in einem Geschirrle das Blut von der Sau empfangen, dass man Würst könne machen. Nun, der Metzger ist an das Büble hingeraten, das die Sau sollte sein, hat's niedergerissen und mit einem Messerle die Gurgel aufgerissen; die andern all hoben die Sau, und die Unterköchin empfing das Blut in ihrem Geschirrle.

In dem geht ungefähr hinfür ein Ratsherr und sieht dies Elend, nimmt von Stund an den Metzger mit sich und führt ihn in des Obersten Haus, welcher von Stund an den ganzen Rat versammeln ließ. Sie saßen all über diesen Handel, wussten nit, wie sie ihm tun sollten. Sie sahen wohl, dass es kindlicher Weis geschehen war.

Einer unter ihnen, ein alter weiser Mann, gab den Rat, der oberst Richter sollt ein schönen roten Öpfel in die eine Hand nehmen, in der ander ein rheinischen Gulden, sollt das Kind zu sich rufen und beide Händ gleich gegen ihm strecken. Nähm es den Öpfel, sollt es ledig erkannt werden; nähm es aber den Gulden, so sollt man's auch töten.

Dem wird gefolgt, und das Kind ergreift den Öpfel lachend, wird also ledig erkannt.

75.

Von einer Gräfin, die einem jungen Edelmann ungewarnter Sach vermählet ward

Es hat sich zu Paris begeben, dass ein Graf hat ein gar schöne Tochter; die ward einem jungen Edelmann hold, der an ihres Vaters Hof dienet; welches der Vater vernimmt und strafet die Tochter sehr bei Verlierung seiner Huld, wenn sie des Edelmanns nit müßig gange.

Der Edelmann vermerkt die Liebe der Gräfin und stellt sich oft an Orten und Enden, da er dann wusst, dass sie vorbeigehn würde, dass er sie könnte zu Red stellen, welches dann bei langem geschah.

Auf ein Zeit trifft er sie an, und wie denn die Liebe ein Art an sich hat, erröten sie beide. Und doch legt er die Scham hintan, redet sie an mit freundlichen Worten: »O ihr mein Hort, mein Trost und Schönste auf Erden, wie hab ich doch so lang begehrt, mit euch einmal zu reden, und sich nie hat können schicken denn jetzt! Darum lasst uns nun genug nach unsers Herzen Lust miteinander reden!«

Die schöne Jungfrau sprach: »Nein, es wird sich hie nit schicken. Nehmt hin den Gartenschlüssel und verfügt euch hinnacht in meines Vaters Garten! Dahin will ich auch kommen; alsdann wollen wir nach unsers Herzens Begier miteinander reden.«

Der Edelmann nimmt den Schlüssel und verfügt sich in den Garten, dahin dann sie auch gegen der Nacht kam. Da trafen die zwei einander an; es mag ein jeder wohl gedenken, wie treulich sie einander gemeinet haben; sind auch nach langem all beide im Lotterbett entschlafen, das in dem Gartenhäuslein war.

Morgens, wie sich dann ein Ding schicket, konnt der alt Graf, ihr Vater, nit schlafen, sondern steht auf und geht in den Garten spazieren, sich da als mit dem Vogelgesang zu erquicken. Bei langem, so er herumspaziert, kommt er in das Gartenhäuslein; allda findet er sein Tochter und den jungen Edelmann beieinander ruhen. So er das ersieht, schweiget er still und geht hintan heim, spricht zu seiner Frau: »Wenn man zur Messe läutet, sollt ihr und unser Tochter mitsamt euer Frauenzimmer in die Kirch gehn und andächtig Mess hören.«

In dem schied er von ihr und schicket nach einem Kaplan, sagt ihm: »Lieber Herr, ihr werden heut mein Tochter und den jungen Edelmann, den ich an meinem Hof hab, zusammengeben.« –

»Das will ich gern tun, gnädiger Herr«, sprach der Kaplan.

So es nun um die Zeit ward, schicket der Graf einen Diener zu seiner Tochter, lässt ihr sagen, sie solle eilends zum Altar gehn und vor dem Kaplan niederknien; welches sie eilends tut, weiß aber nit, was der Vater damit meinet. Schicket auch den Diener zum jungen Edelmann, lässt ihm sagen, er solle zu seiner Tochter vor dem Kaplan niederknien, das er mit Begier seines Herzens vollbringt. Also gab sie beide der Kaplan zusammen, und verwundert sich jedermann darob.

Diese Tat ist zu loben am Grafen; denn zu geschehenen Dingen soll man allzeit das Best raten.

76.

Von einem Weihbischof, der die Kirch und den Kirchhof geweiht hat, hat aber kein Begräbnis den unschuldigen Kindern geordnet

Im Thurgau, nit weit von Konstanz, in einem Flecken hat ein Übeltäter einen in der Kirchen erstochen und die Kirch und den Kirchhof entweiht, sodass man da nit konnt Mess noch Zeremonien mehr halten, das nun den biederen Leuten allda große Beschwernis war. Sie werden zu Rat und schicken nach dem Weihbischof mit großen Kosten, welcher kam und weiht die Kirch und den Kirchhof wieder.

Als es nun alles versehen war, fällt's einem alten Bauern zu, wo man die unschuldigen Kinder solle vergraben, und bringen es an den Weihbischof wieder, wo man doch die unschuldigen Kinder solle begraben, so der ganz Kirchhof geweiht seie.

Spricht der Weihbischof: »Wo wollt ihr's haben?«

Die Bauern führen ihn an ein Ort besonders und sprechen: »Gnädiger Herr, allhie wird es gut sein.«

Der Weihbischof spricht: »Sei du nit geweiht!«

Und die Bauern mussten ihm das insonderheit bezahlen.

77.

Von einem Pfaffen, der spricht: »Herr Gott, wehr du dich dahinten! Ich will mich davorne wehren.«

In der Mailänder Schlacht bei den Schweizern ist gewesen ein Pfaff mit Namen Jos Haas; denn sie im Brauch haben, so sie zu Feld ziehen, mit ihnen allzeit ein Pfaffen zu nehmen. Dieser, so man in die Schlacht gehn sollt, bindet seinen ledernen Sack, darin er die Herrgott hat, hinten auf sein Rücken und spricht: »Herrgott, wehr du dich dahinten! Ich will mich tapfer davorne wehren.« Und kommt auch so von der Schlacht ungeschlagen.

78.

Von einem Pfaffen, der den Stiel vom Weihwedel in das Weihwasser stieß und die Leut damit besprengt

Auch dieser obgemelter Pfaff las allzeit die Frühmess geschwind; und auch in derselben Kirchen war ein gar sehr andächtigs Pfäffle, welcher gar eben mit seinem Herrgott umging und hielt allzeit ein ganze Stund Mess, so dass die Leut gern hinter seiner Mess standen.

Nun auf ein Zeit fingen die zwen Pfaffen an einem Morgen miteinander Frühmess zu halten; es standen viel Leut hinter des kleinen Pfaffen Mess, gar wenig aber hinter des Jos Haasen Mess. Als nun der Jos sein Mess geschwind heraus hat, gibt er den Seinen das Weihwasser. So das die andern, die hinter des kleinen Pfaffen Mess standen, sehen, laufen sie herzu, wollen bei diesem auch das Weihwasser empfangen, hatten aber jenem geopfert, wären auch gern bald daheim gewest. Welches der Jos ersieht, stößt den Stiel vom Weihwedel in das Weihwasser, sprechend: »Dem ihr geopfert habt, den heißt euch auch das Weihwasser geben!« Und gingen also verspottet hinweg.

79.

Von einem Pfaffen, der Köpf konnt machen

In Friesland in einem großen Dorf hat's sich begeben, dass ein wohlhabender Kaufmann wollt reisen gen Sankt Jakob, ein Fahrt dahin zu vollbringen. Auf ein Zeit redet er mit seiner Hausfrau, die mit einem Kind ging, welche auch nit aller Dingen gescheit war, von seiner Fahrt, wie er die verheißen hätte und müsste einmal die vollbringen. Die Frau ungern es verwilliget, doch bei langem gibt sie den Willen drein, und der Mann fährt dahin.

So das der Pfarrer vernimmt, macht er sich zu dem Weib und spricht: »Liebe Frau, wo ist euer Mann?«

Sie antwortet: »Gen Sankt Jakob.« –

»Ei nein«, spricht der Pfaff, »was gedenkt er, dass er euch so lässt sitzen mit dem großen Bauch und fährt so weit von euch in fremde Land?«

Die Frau antwortet: »Er hat mir Hab und Gut genug gelassen; ich hoff zu Gott, er werde mit Freuden wieder heimkommen.«

Der Pfaff spricht: »Mein liebe Frau, es ist nit allein an dem gelegen, sondern es ist vielmehr ein anderes, dass ihr nit wisst, daran euer Mann säumig ist; das wird euch und ihm zu großen Schmerzen gereichen.«

Die Frau antwortet: »Was ist doch das, mein lieber Herr? Was sind mir doch und meinem Mann für Schmerzen?«

Der Pfaff spricht: »Ich darf's nit wohl vor euch sagen.«

Die Frau antwortet: »Hei, lieber Herr, sagt's! Es schadet nichts.«

Er spricht: »Geht euer Mann so von euch, und ihr mit einem Kind geht, und aber das Kind noch kein Haupt hat. Wer will dem Kind das Haupt ansetzen?«

Die einfältige Frau spricht: »Wie sollt das möglich sein, so ich schier genesen soll?«

»Ja«, spricht der Pfaff, »desto böser ist's.«

Die Frau fragt ihn, wie ihm zu tun wäre.

Der Pfaff antwortet: »Ich wüsst wohl Rat, so ihr mir folgen wolltet.«

Die Frau antwortet einfältig: »Das wäre doch gar ein Ungestalt, sollte ich ein Kind ohn ein Haupt bringen. Was hat doch mein Mann gesinnet, dass er von mir hinwegschied! Herr, helft ihr mir, so ihr könnt, beizeiten!« Und der Pfaff beschlief sie, verschuf dem Kind ein Haupt.

Etwa in acht Wochen genas die Frau und gebar ein jungen Sohn, dessen sie sehr erfreuet ward.

Über ein Zeit kam der Mann wieder mit Gesundheit heim, dass die Frau noch in dem Kindbette lag, und demnächst kehrt er sich zu der Frau und spricht: »Sei Gott gelobet, mein liebe Hausfrau, dass ich dich mit Gesundheit wiederseh und du mir ein jungen Sohn gebracht hast.«

Die Frau schweigt still und dankt ihm nit, doch nach langem spricht sie: »Du bist ein feiner Gesell, gehst von mir in ferne Land und lässt mich mit meinem großen Bauch so sitzen. Wäre unser Pfarrer nit gewesen, ich hätte das Kind ohn ein Haupt müssen bringen.«

Der Mann vermerkt gleich, wie es ergangen war, und tat ihr nichts um ihrer Einfalt willen und spricht: »Liebe Frau, ich hab gemeint, die Sach sei recht versehen.« Und hielt sie lieb und wert. Aber dem Pfaffen trieb er's wieder ein.

Auf ein Zeit im Sommer früh vor Tag bei Mondschein steht der Kaufmann auf von seinem Weib, geht in des Pfaffen Wiesen; da weideten zwölf des Pfaffen Schaf, denen er die Köpf all abschneidet.

Als das der Pfaff vernahm, schalt er den übel, der seinen Schafen die Köpf hätt abgeschnitten; so er's wüsste, wollt er ihn auch köpfen lassen.

Der Kaufmann redet es unverhohlen, er hätte es getan. Der Pfaff verklagt ihn vor dem ganzen Rat, so dass er mit heftiger Klag gefänglich vor den Rat geführt wird. Nach langer Klag verantwortet sich der Kaufmann und spricht: »Pfaff, du kannst wohl Köpf machen; mach deinen Schafen auch Köpf!«

Da das der Pfaff hört, erschrak er und wäre gern hinweg gewesen, musst aber verharren.

Der Kaufmann erzählt dem Rat des Pfaffen Schelmenwerk vom Anfang bis zum End; und sie straften ihn um all sein Gut, stießen ihn auch von der Pfründ und jagten ihn hinweg.

80.

Einer kennt seine eigene Handschuh nimmer

Man sagt gemeinlich, und ist auch gewisslich wahr: Ein jeder Wirt, so einen Reif aussteckt, muss manches seltsamen Gasts gewärtig sein; gut und bös, wie sie der Weg bringt, so muss er die annehmen. Nun ist ein jeder frommer Wirt geneigt, wenn ein Gast etwas in sein Haus bringt, dass er ihm das mit allem Fleiß und gern verwahret, damit er sonder Klag wieder mög von ihm scheiden. Dennoch trägt sich zum öfteren Mal zu, dass etwa wurmstichig Kunden (etlich nennen sie Wölf, ich wollt ihnen aber wohl ein geschickteren Namen geben) auch alsbald in ehrlichen Wirtshäusern einkehren; finden sie ihr Gattung zu spielen, so schicken sie sich geschwind dazu; wo nicht, dürfen sie wohl ungebeten dem Wirt die Bänk aufräumen und dennoch wieder davon ziehen.

Also ging es einstmals auch zu in einem kalten Winter. Da kam ein gute Bursch miteinander geritten, hatten sich allesamt auf der rauen Wind und ungestüm Wetter gerüst bis an einen guten einfältigen Priester. Der hatt weder Kappen noch Handschuh, weshalb ihn dann gar hart frieren [ward]. Sobald er nun in die Herberg kam, sich seines Frosts ein wenig abkommen war, lief er eilends zu einem Krämer, kauft sich selbst auch ein paar Handschuh, waren mit Pelz unterzogen und gar sauber von gelbem Leder gemacht.

Als er nun wieder in die Herberg kam, fand er seine Gesellen schon am Morgenmahl sitzen, denn sie hatten vermeint, er wär etwa zu Gast geladen, dass er nit bei ihnen in der Herberg essen ward. Er eilet zum Tisch, hing seine Handschuh an die Wand zu anderem seinem Plunder.

Das hat ein Abenteurer wahrgenommen, so von ungeschicht auch in die Stuben kommen, damit er sich wärmet. Als nun die guten Herren im besten Essen und ernstlichstem Gespräch waren, nahm er die Handschuh, ging eilends vor den Stubenofen, macht sie ganz rußig und schwarz, als wenn die lang um die Bänk gangen wären; er nahm sich aber gar nichts an, ging wieder in die Stuben, behielt die Handschuh in den Händen.

Als nun die Gäst gessen und den Wirt bezahlt hatten, sich wieder anlegten und auf den Weg rüsten, der gut Herr sah um nach seinen Handschuhen, die waren nit mehr vorhanden. Er sucht hin und wider, sah den Abenteurer oft an und fragt ihn, ob er ihm sein Handschuh nit gesehen. Dieser nahm sich zum Teil Murrens an, zog die berußten Handschuh hervor und sagt: »Was hab ich denn mit euern Handschuhen zu tun? Hie hab ich ihr zwen; sind sie euer, mögt ihr sie wohl nehmen.« –

»Nein«, sagt der gut Herr, »sie gehören mir nit; denn die meinen sind gar neu.«

Also musst der gut Herr ein ander Paar kaufen, wollt er anders nit gar übel erfrieren.

Deshalb sollt ihr allesamt gewarnet sein, euer Handschuh bass zu versorgen; denn sie im Winter gar angriffig sind.

81.

Einer fraß für vierzehn Batzen Krammetsvögel

Gen Augsburg kam ein gut einfältig Mann an einem Wochenmarkt, der hat nit mehr denn einen Gulden im Säckel, darum er willens war Korn zu kaufen, wollt aber dennoch für ein halbs Mäßlein Wein trinken. Er kam in die Herberg, in welcher Grünenwald schier sein Mantel verbissen hat. Er hieß ihm ein Halbs zu bringen und ein Brot dazu. In dem sieht er auftragen etlichen großen Hansen ein Platten mit Krammetsvögel; er fragt einen, so von ungeschicht in der Stuben und ein großer Speivogel war. »Lieber«, sagt der gut Mann zu ihm, »was gilt doch ein solcher Vogel?«

Dieser sah wohl, was er für einen Kundmann vorhanden hätt, und sagt: »Man gibt ein um ein Pfennig.«

Die Vögel rochen dem guten Mann in die Nas, er bat die Wirtin, so sie mehr hätt, sollt sie ihm auch einen bringen. Sie war willig, bracht ihm einen also warm vom Spieß; der schmeckt ihm gar wohl. Er gedacht bei sich selbst: »Das sind gut schmutzig Vögel. Ich muss noch mehr Pfennig daran wagen. Wann ich schon ein Batzen in Vögeln verschlemm, so hab ich ihrer doch einmal genug gessen.« Er ruft der Wirtin, sagt, hätt sie mehr

Vögel, sollt sie ihm mehr bringen. Also bracht sie ihm ein nach dem andern fein also warm vom Spieß, bis dass er vierzehn gessen hatt.

Da meint er, der Schimpfs wär jetzund genug, hieß ihm die Ürten machen.

»Wieviel«, sagt die Wirtin, »habt ihr Wein?«

Er sagt: »Ein halbe Maß.« –

»Das ist drei Kreuzer«, sprach sie; »nun, wieviel habt ihr Brot?«

Er sagt: »Für ein Kreuzer.« –

»Das macht zusammen ein Batzen«, sprach die Wirtin; »noch habt ihr vierzehn Vögel, tut ein jeglicher ein Batzen, wird zusammen ein Gulden.«

Der gut Mann erschrak der Wort ohnmaßen sehr, wiewohl er erstlich meinet, die Wirtin trieb ihr Scherzbossen mit ihm; er fing an sich hinter den Ohren zu kratzen. »Ach«, sagt er, »wie bin ich so schändlich beredet worden, es gelt ein solcher Vogel nicht mehr denn ein Pfennig!« Er sah sich um nach dem, so gesagt, es gelt ein Krammetsvogel nicht mehr denn ein Pfennig; er war aber nit mehr vorhanden, sondern hat sich getrollt. In summa, die Wirtin wollt ihm ein Heller nicht nachlassen, sondern holheupt ihn gut Ding dazu aus und ward nur seiner tapfer spotten, sagt: »Kannst du Krammetsvögel essen, so zahl sie auch!« –

»Nun hab ich nicht mehr«, sagt er, »denn ein Gulden bei mir, wollt Korn für mich und meine Kinder darum kauft haben. Soll ich den so auf ein Mal in Vögeln verzehrt haben, so erbarm's Gott.« Also gab er der Wirtin die fünfzehn Batzen und fuhr traurig und wohl verspottet davon.

82.

Einer nahm ein Paar Handschuh zu Lohn und wollt für ein Edelmann in die Höll fahren

Auf ein Zeit saßen viel guter Gesellen vom Adel und sonst auch in einer Zech, redeten von vielerlei Händeln und guten Schwänken. In dem kam ein guter Vogel, ein Gartknecht, hinein; und als er so ein gute Burs beieinander findet, spricht er sie ganz freundlich an, wie denn derselben guten Knaben Gewohnheit ist, um ein Zehrpfennig, damit er mit Ehren weiter möcht die Leut bescheißen. Die guten Junker hießen ihn an einen ledigen Tisch niedersitzen, befahlen dem Wirt, er sollt ihm ein Suppen und Stück Fleisch geben, ein Maß Wein und Brot dazu. Das geschah so.

Unterdem er so sitzt, isst und trinkt, sagen die Edlen von ihrem Einkommen, was ein jeder Vermögens sei. Unter anderm sagt einer unter ihnen: »Mich genügt an meinem Einkommen wohl. Mein Vater hat mir so viel Bauern verlassen, die für mich fronen und arbeiten, müssen mir auch Korn und Weizen, Habern und Gersten zuführen, desgleichen Wein und Butter, Kapaunen, Gäns und Enten zusamt allem Brennholz, so ich auf meinem Haus oder Schloss brauchen mag. Zudem hab ich an Pfenniggülten auch so viel Einkommens, dass ich mit guten Gesellen mag ein Ürten tun. Und das mir am liebsten ist, so bin ich Kollator über etlich Pfarren und Pfründen; dieselbigen Pfarrer und Kaplän müssen für mich beten. So hab ich noch zwo Schwestern in einem Frauenkloster, die schreiben mir zu viel Malen ihr andächtig Gebet zu. Dieselbigen hat mein Vater selig allein darum in das Kloster getan, dass ich mein Stadt desto bass mag erhalten, sonst hätt er ihnen viel zur Heimsteuer geben müssen, so mir ein großer Abbruch gewesen wär. Mir aber mangelt noch eins; wenn ich nur einen könnt ankommen, so für mich in die Höll führ, dem wollt ich gern ein gut Verehrung tun.«

Der Gartknecht, von dem oben Meldung getan, hatt sein Maß Weins schon getrunken und war jetzt ganz aufgefroren; denn ihm der Wein ein Wärme bracht hat. Er fing an und sagt: »Junker, was wollt ihr mir zur Besoldung geben? Ich nimm den Kauf mit euch an und fahr für euch in die Höll.«

Der Edelmann sagt: »Was willst du nehmen?« –

»Nit mehr«, sagt der Gartknecht, »denn gebt mir ein gut Paar Handschuh, damit ich diesen kalten Winter mich vor dem Frost ernähren mög, will ich den Kauf mit euch eingehn.«

Der Edelmann hat zwen gut wölfin Handschuh an der Wand hängen; die nahm er davon, gab sie dem verruchten Vogel und befahl damit dem Wirt, er sollt ihm noch ein Maß Wein bringen, wie dann auch geschah.

Er trank denselbigen auch aus, ward so voll, dass er hinter dem Tisch entschlief.

Nun war ein junger Kaufmann an der Tafel, so kurz davor in einem Spiel ein Teufel gewesen war, und hat sich ein gar ungeheuers Kleid drauf machen lassen. Derselbig sagt zu den andern: »Mögt ihr das leiden, will ich ein fein Fastnachtspiel mit diesem öden Kunden anrichten; ihr sollt sein allesamt genug lachen.«

Das ließen sie sich allesamt wohl gefallen. Er schicket nach dem scheußlichen Kleid, legt das an, kam in die Stuben, erwischt den Landsknecht oder Gartbruder bei der Kartausen, macht ihn munter und sagt mit grausamer Stimm: »Landsmann, wohlauf! Du musst mit mir davon.«

Der voll Zapf, so noch nit gar ermuntert war, ihm auch der Wein noch in dem Kopf steckt, blicket auf. Als er den Kaufmann in der Gestalt vor ihm stehn sah, meinet er nit anders, denn es wär der lebendig Teufel, erschrak über die Maß gar sehr und unterstand zu entlaufen.

Bald erwischt der Kaufmann den Tropfen und mit ihm in einen finstern Stall zu, band ihm alle Vier zusammen, danach schmiert er ihn gar wohl mit einem guten Prügel, dass ihm seine Lenden gar wohl allenthalben erbehrt und geschmiert wurden.

Der Gartknecht, wiewohl er ein gar verwegener und leichtfertiger Vogel war, so war ihm doch so Angst in solchen Nöten, dass er Gott und alle seine Heiligen anruft und verhieß, er wollt hinfür bass sein Leben bessern und nit mehr so ruchlos sein. Der Wein war ihm auch vor lauter und großer Angst aus dem Kopf kommen. Also band ihn der Kaufmann wieder auf und jagt ihn mit guten Streichen zu dem Stall hinaus. Er säumt sich nit lang, sprang zu der Herberg hinaus, ließ seinen Degen und Handschuh dahinten; denn ihm vor großer Angst der Frost vergangen war, dass ihn weder an Händ noch Füß mehr frieren ward; lugt stetig hinter sich, ob ihm der Teufel nicht nachkäm. Die andern Herren und Gäst des Schwanks genug lachten, und blieben also dem Edelmann seine Handschuh.

Dieser ruchlosen Kunden findet man gar viel, so mit solchen frevlen Worten umgehn, dass nit ein Wunder wäre, der höllisch lebendig Teufel führt sie an der Statt hin. Ich kenn selbst eine Wirtin; von der hab ich gehört, und nit nur einmal, sondern oft, dass sie sagt: »Ich weiß wohl, dass ich nit verloren bin. Wenn mich schon unser Herrgott nit will, ist mein der Teufel froh«; das mich oft und dick Wunder genommen, dass Gott der Herr so lang mit seiner Rach verzeiht. Ich möcht auch gern ein solchen Fastnachtteufel sehen diese verwegne Haut mit einem guten Prügel behren, wie dieser Kaufmann den Gartknecht, ob sie doch ihr verruchte Weis und verwegne Wort lassen wollt.

83.

Wie ein Geschwinder konnt in Italien die Juden um groß Geld bringen, das sie ihm mit gutem Willen gaben unverdient

In einer Stadt in Italien war ein Mönch Predigerordens. Derselbig fast wider die Juden auf der Kanzel schrie und insonderheit wider ihre Gebet, so sie täglich der christlichen Obrigkeit und gemeinen Christenheit zuwider beten und sprechen müssen, samt andern Verfluchungen, so sie in Anschauung der Christen sprechen; und damit ein jeder Christ selbst lesen und vernehmen mag, will ich sie alle zu End dieser Historien setzen, wiewohl ich mir vorgenommen hab, ein eigens Traktätlein wider solche ihre bösen Gebräuch zu schreiben, so mir anderst Gott das Leben verleiht.

Nun dieser Prädikant bracht die Sachen dahin, dass die Juden in ganz Italien solche schmähliche Gebet aus ihren Betbüchlein austun mussten; denn wo man von einem gewahr ward, dass er des Orts ungehorsam war, ward er an seinem Leib gestraft. Diese Ursach bracht die Juden alle gar in einen solchen Hass gegen gedachtem Predigermönch, dass sie alles Böses auf ihn erdachten, damit sie ihn möchten ums Leben bringen; aber alles umsonst war.

Nun war ein Jud an demselbigen Ort mit Namen Natan, der hatt einen Landsmann in dem Kloster, der war ein Beckenknecht gewesen und hat der Faulheit halber den Orden angelegt, war ein Laienbruder worden und buk dem Konvent alles Brot, so sie bedurften. Dieser Bruder war aus Deutschland geboren, wie denn auch Natan Jud; darum er dann viel zu dem Juden wohnet um des willen, dass der Jud zu Zeiten in Deutschland reiset, ihm der Bruder hin und wieder Botschaft ausrichtet. Dies hatten etlich Juden wahrgenommen, gedachten, durch ihn, durch gemelten Bruder, Mittel und Weg anzurichten, sich an viel gemeltem Mönch zu rächen. Die fügten sich zu dem deutschen Juden, boten ihm ein Summe Dukaten an zu schenken, wo er sein Landsmann, den Bruder, dahin bringen möcht, dass er dem Mönch ein venedisch Süpplein kochen und zu essen geben wollt; ihm, dem Bruder, sollten auch nit minder Dukaten gestecken. In summa, der Jud bewilliget, ihr Anmutung aufs Fleißigst auszurichten.

Er fügt sich zu dem Bruder und mit langen Umständen zeigt er ihm zuletzt sein Meinung an. Der Bruder, so auch mit dem Teufel zu Schulen gangen, sagt zu dem Juden: »Ach mein lieber Natan, wo aber die Sach auskommen sollt, wie wird es mir armen Bruder gehn?«

Drauf sagt der Jud: »Bruder, du weißt, dass ich dich an dem Ort nit vermelden werd; sonst müsste ich als der, so dich dazu verursachet, in viel größerer Gefahr stehn denn du selbst. Darum mag die Sach nimmermehr geoffenbart werden, es sei denn durch dich oder durch mich.«

Darauf antwort der Bruder: »Natan, ich wüsst ein

andern Weg, wenn dich das Geld nit hieran verhindert. Wir haben einen Koch im Konvent, ein gar geldgierigen Menschen. Derselbig muss zum öftern Mal dem Prädikanten sonderlich kochen; denn sein Brauch ist, vor der Predigt nit zu essen. Dieser Koch könnt die Sach zum Besten zu End bringen.«

Dieser Anschlag gefiel dem Juden fast wohl, beschloss also mit dem Bruder, er sollt die Sach auf die Bahn bringen, es sollt an keinem Geld erwinden; schieden damit voneinander.

Der Bruder war wohl zumut; denn er gedacht, die Juden um das Geld zu bringen, und musst dennoch dem Prädikanten kein Leid widerfahren. Er kam zu dem Koch und sagt zu ihm: »Compani, wenn du es zu Dank annehmen [wolltest], wollt ich dir ein gute Zehrung zuwegbringen, so du mit Ehren und Frommheit wohl nehmen magst.« Sagt ihm damit die Meinung.

Die beid wurden zu Rat, fügten sich zu dem Prädikanten und baten, ihnen in der Sachen beholfen zu sein, damit sie die Juden um das Geld bringen möchten. Des sagt er ihnen zu; er hat auch gar fleißigs Nachgedenken auf die Sach.

Nun hat der Prädikant auf nächstkünftigen Sonntag ein sonderlich Zusag getan, von der Juden Schalkheit zu offenbaren! Des waren die schändlichen Juden schon inne worden; darum sie dem Bruder ernstlich anlagen, mit der Sach aufs Schnellst vorzufahren, damit der Prädikant an seinem Vornehmen verhindert wird.

Das alles sagt der Bruder dem Prädikanten; dem gefiel die Sach gar wohl, und sagt zu dem Bruder, er sollt eilends zu dem Juden gehn und ihm zubereit Gift geben heißen, sagen, er wüsst sonst keins sonder großen Argwohn zuwege zu bringen. Das geschah so nach seinem Befehl. Der Bruder nahm das Gift, so in einem Gläslein eingemacht war, bracht das dem Prediger und sagt: »Domine lector, nehmt hin das Gift und esst das! Dadurch mag ich viel Geld überkommen. Aber wo es euch zuwider ist, mögt ihr seiner müßig gehn. Ich hab's euch geben zu essen, wie ich den Juden zugesagt; ihr aber mögt tun, was ihr wollt.«

Der Prädikant nahm das Glas mit dem Gift, verwahret das gar wohl, damit er das zu seiner Zeit brauchen möcht.

Auf den künftigen Sonntag nahm er sich eines großen Wehklagens an, legt sich zu Bett, gehub sich fast übel, nahm auch etlich Arznei wider Gift ein, als wenn er das gessen.

Als nun die Stund kam, dass er predigen sollt, versammelt sich ein große Menge in der Kirchen. Bald kam das Geschrei durch ein andern Mönch, so auf die Kanzel stand, der Lesmeister hätt ein schweren Zufall überkommen und wär zu sorgen, ihm wär mit Gift vergeben worden, des sich jedermann übel behub.

Diese Mär kam auch geschwind vor die Juden, denn sie ihr Kundschaft alle Zeit in der Predigt hatten. Sie waren wohl zumut, sagten unverhohlen, dies wär ein sondere Straf von Gott, dieweil sich der Mönch mit so starkem Predigen wider die Hebräer gelehnet. Nun hat er wohl gewusst, dass Gott von Alter her alle die, so sich wider die Juden erhebt hatten, hart gestraft; darum sollt er seiner müßig gangen sein und die Hebräer nit so gar verfolgt haben. Deren Worten schlugen die Juden gar viel aus und waren in großen Freuden, um dass ihr Widersacher dem Tod so nahe sein sollt.

Als aber nun den Lesmeister Zeit deucht, befahl er den beiden Brüdern Pfister und Koch, sie sollten sich aller Gestalt rüsten, als wenn sie aller Dingen wegfertig wären und davonlaufen wollten, denn der Argwohn wär ganz auf sie gefallen; sollten eilends zu den Juden gehn und ihnen solche Meinung anzeigen, damit ihr versprochne Belohnung fordern. Das geschah so.

Sie kamen ganz angsthaft zu den Juden, zeigten ihnen solche Meinung an, sie müssten sich trollen, denn das Gemümmel wollt auf sie fallen; wär zu sorgen, wenn sie länger blieben, möchten sie in Gefängnis kommen; alsdann wird man die Wahrheit von ihnen erfahren wollen; wo denn die sollt an Tag kommen, möchten sie (die Juden) solcher Fahr auch nit entgehn. Deshalb begehrten sie ihren versprochnen Lohn.

Die Juden, so nit anders glaubten, denn ihnen wär so, wie die zwen anzeigten, waren fast wohl zumut; und damit sie nur bald ihrs Pfads kämen, gaben sie ihnen mehr, denn ihnen versprochen war. Das nahmen sie mit Freuden und zogen den nächsten Weg in das Predigerkloster, zeigten dies Gold dem Lesmeister oder Prädikanten, der nun des Handels halb nit winzig Freud nahm, bracht auch an einem ganzen Konvent zuwege, dass beiden Brüdern ihr Geld blieb; sonst hätt's der Orden genommen.

Des andern Tags nahm der Lektor die zwen Brüder zu sich, ging mit ihnen zu Markt spazieren und sonderlich, da am allermeisten Juden waren, die solchen Anblicks gar sehr erschrocken, und sonderlich die, so den beiden Brüdern das Geld geben hatten. Denn sie wohl gedachten, ihr Anschlag und Praktik wird ausbrechen. Also haben sie bald das Loch getroffen, und haben die Brüder mit dem Geld ein guten Mut haben lassen, dieweil sie nicht an ihnen wussten zu gewinnen.

84.

Von einem großen Eiferer, der nit leiden mocht, dass andere Mann mit seinem Weib guter Dinge waren

Es schreibt der hochgelehrt Doktor Sebastian Brant in seinem »Narrenschiff« unter der Figur der 32 Narren von den großen Eiferern und spricht:

Der hüt der Heuschreck an der Bühnen
Und schüttet Wasser in ein Brunnen,
Der hütet, dass sein Weib bleib fromm.

Damit will er endlich zu verstehn geben, dass solche Hut gar umsonst sei; denn es hilft nichts, oder aber darf sein nicht. Davon merk einen guten Schwank!

Es war auf ein Zeit ein solcher großer Eiferer in einem Flecken, der hat ein hübsch Weib; er forcht aber ihr gar übel, mocht nit leiden, dass ander Mann oder auch Gesellen mit ihr reden oder guter Ding wären. Er ließ sie auch gar kümmerlich zu andern Nachbarn Sommerszeit an der Gassen sitzen; auch kam sie gar selten zu Hochzeiten oder anderm Wohlleben. Der Fantast sorgt allzeit, sie werd ihm lebendig gefressen. Dies nahmen etlich Speikatzen mit Fleiß wahr, gingen desto mehr um das Haus spazieren; wann dann die gut Frau bei ihren Nachbarn saß, standen sie hinzu, trieben gute Schwänk und Possen mit ihr.

Dies und dergleichen wollt den Dippel unsinnig machen; er durft auch nicht dergleichen gegen sein Weib tun, denn ihm war unverborgen, was man den Weibern untersteht zu leiden, danach verlangen sie erst. Die Frau aber an allen seinen Gebärden wohl abnahm, wessen er gesinnet war, ließ sich's aber je länger je weniger bekümmern, war nur mit jedermann desto leichtsinniger.

Als aber der Stockfisch solches auch wahrnahm, gedacht er, durch was Fügen er doch solches alles abschaffen möcht. Er besann sich kurz und kauft ein Haus in einem andern Flecken und machet sein Dinglein zusammen, lud das auf Kärch und Wägen, fuhr so davon.

Die gut Frau, so mehr Witz hatt denn ihr Mann, ließ sich die Sach wohlgefallen, tat auch dergleichen, als wenn es ihr fast lieb wär. Damit erfuhr sie fein sittlich an ihrem Mann, was die Ursach wär seines Aufbrechens. Denn er sagt, wie es ihm so gar zuwider wäre, dass ihm solche Gesellen täglich um das Haus gingen; wiewohl er ihr nichts Arges gönnet noch vertrauet, möcht er es dennoch nit sehen; sonst hätt er gar kein Ursach, darum er hinwegzog, denn eben diese. Die Frau fasst diese Wort in ihr Öhrlein.

Als sie nun mit ihrem Hausrat aus dem Flecken fuhren und weit hinaus in das Feld kamen, springt die Frau vom Wagen und sagt: »O weh, Hans, ich hab das Allernotwendigst dahinten gelassen. Halt ein wenig still!«

Der Fantast fragt, was sie denn vergessen hätt.

»Ei«, sagt sie, »ich hab kein Feuer mit mir genommen.« –

»Du große Närrin«, sprach der Mann, »meinst du denn, wir ziehen an ein feuerlos Ort? Du wirst Feuer, Holz und Stroh gleich so wohl dort finden, als da wir herkommen.« –

»So bist du«, sagt die Frau, »viel närrechtiger denn ich. Finden wir Feuer dort, werden wir ohn Zweifel auch solche Leut finden, die dein eifrige Weis bald erlernen werden, dir gleich den andern zu Bosheit um das Haus gehn. Darum wär noch mein Rat, du ließest uns bei dem Unseren bleiben und an dem Ort, da man uns und wir die Leut erkennen.«

Also ging der Dippel in sich selbst, erkannt seiner Frau Rat für gut und zog wieder zurück in sein alte Herberg, ließ hinfürbass seinen Eifer fahren und ward ein rechtgeschaffner Hausmann.

85.

Wie eine Pfaffenmagd im Bauernkrieg in einen Honighafen hofierte

Im Jahr, als man zählt 1525, als die bäuerisch Aufruhr durch alle Land wütet, begab es sich, dass die Bauern in einem Dorf, nit weit von Colmar gelegen, Anselsheim genannt, in dem hielten sie auch Haus, wie ihr Gewohnheit war. Wo Pfaffen in einem Dorf waren, plünderten sie ihnen die Häuser; was sie von essendhafter Speis fanden, verschwendeten sie; was sie zur Notdurft nit essen mochten, verwüsten sie. So ging es mit allen Klöstern und Pfaffengütern.

Nun war ein alter Pfaff in gemeltem Dorf, der hat sein Hab und Gut, so viel ihm hat Luft mögen werden, in die Stadt geflehet. Aber was von essendhafter Speis war, hatt er den mehrern Teil im Haus gelassen, als Anken, schweinin Fleisch, Käs und Eier. Unter anderm hat die Pfaffenmagd einen großen Haufen (mit Gunst zu reden) in einen Hafen hofiert und ein andern Hafen mit Honig darüber geschütt und sich bald danach hinweggetrollt und in die Stadt gemacht.

Als nun die Bauern in das Haus kommen, machten sie raumauf, kamen zuletzt über den gebifften Honighafen, fraßen den Honig oben ab bis auf die Feig, so die Pfaffenkellerin darin gelegt hat. Als sie aber die Bohn fanden, huben sie an gemeinlich zu speien; man hätt ein Hafen mit gefüllt, der noch so groß gewesen als der, daraus sie den Honig gefressen hatten.

So wollt ich, dass es allen Schleckern widerführ.

86.

Von einem, so seinen Freunden um seine zwanzigjährige Haushaltung Rechnung gibt

Ein guter Zechbruder, so allweg gern bei dem Schlamp sein Zeit vertrieb, war auch allweg der erst dabei und zuletzt davon. Daneben war er auch so gar ein tugendlicher und geschlachter Mensch, kein Schwur hört man nimmer von ihm; sein Schwören, Fluch und Schelten war nur Getz Güte Gott, und Getz angstiger Angst. In summa, als er jetzt auf die zwanzig Jahr hausgehalten, hatt auch schön Weib und Kind, ließ er dennoch sein alte Weis nit. Darum er dann zu viel Malen von seinen Freunden und guten Gönnern gestraft mit freundlichen und guten Worten, vielleicht mehr um seines Nutzes denn ihres Nutzes und Frommens willen.

Als sie nun ihrer Straf nit wollten abstehn, begab es sich, dass der gut Schlemmer ein Verdruss und Unwillen davon überkam. »Getz Güte Gott«, sagt er, »was geht ihr doch stets mit solcher Täding um? Was zeiht ihr mich doch? Nun hab ich doch nit so gar übel hausgehalten. Denn ihr wisst allesamt, dass ich erstmals, als ich angefangen hab hauszuhalten, hab ich nie mehr denn vierzig Gulden in Leib und Gut vermögt. Nun hab ich nun bei zwanzig Jahren und länger hausgehalten. Wenn ich schon morgen sterben sollt und die Sach zum Allerübelsten hinaus sollt oder wollt gehn, fänd man dennoch in einem und im andern zwanzig Gulden wert Guts. Nun lasst vierzig Gulden schuldig sein (mehr bin ich nit), so hab ich dennoch erst all Jahr ein Gulden aus dem Hauptgut vertan. Find doch manchen, so in einer Wochen oder in einem Tag hundert Gulden aus dem Hauptgut vertut; was wollt ihr doch aus mir machen?«

Als sie nun solche seine Mahnung von ihm vernommen, ward aus ihrer Straf nur ein Gelächter, und ließen ihm sein Weis, dieweil sie nit anders machen konnten.

87.

Ein junger Gesell schlug sein Braut vor der Kirchen in das Angesicht

Zu Pforzheim war ein junger Gesell, der hatt ein schöne Tochter zu einem Weib genommen. Als nun der Tag kam, dass sie sollten zur Kirchen gehn, lud er viel ehrliche Leut zur Hochzeit. Auf die ward ein gutes Mahl zugericht, wie denn gemeinlich an allen Orten Brauch und Gewohnheit ist. Des Morgens führt man sie zu der Kirchen mit Pfeifen und Trummen, und war alle Freud da.

Als nun der Priester unter die Kirchtür kam und die Braut wollt einsegnen, sah er die Braut gar schamperlich mit lachendem Mund an, bewegt sie damit, dass sie auch lachen ward. Dies sah der Bräutigam, meint, der Pfaff hätt etwas Kundschaft zu der Braut, die doch ein fromme ehrliche Tochter war. Der Bräutigam aber ohn alle weiter Erfahrnis zuckt die Faust, schlug die gut Braut ins Angesicht, dass sie zu der Erden fiel; dadurch alle Umständer, die so zu der Hochzeit geladen waren, in Verwundern kamen, auch der Unzucht des Bräutigams wenig Gefallens hatten.

Diese Geschicht kam bald vor die Herrschaft; die gab billigen und ein rechten Befehl, dass man die frommen Biederleut sollt, die zu der Hochzeit geladen waren, in die Herberg führen, darin die Mahlzeit bereit war; und aber sobald dies geschehen, sollte man den Bräutigam in Turm führen und sein Hochzeit darin haben lassen.

Darinnen er dann etlich Wochen hernach sein Zeit vertreiben musst, das dann auch sein verdienter Lohn war.

88.

Einer hat einen guten Vorsatz

Ein wunderbarlicher Kunde beichtet in der Fasten nach altem Brauch. Als er aber dem Beichtvater viel seltsam üppiger Zoten heraussagt, und ihn der Pfaff darüber schilt und strafet, fragt ihn der Abenteurer, wessen er sich denn halten sollt und wie er tun sollt, dass er ihm recht tät.

Sagt ihm der Beichtvater, er sollt sein üppige Weis lassen, ein fein züchtig und ehrbar Wesen an sich nehmen, Gotteslästerung und ander Laster vermeiden, und daneben einen guten Vorsatz haben.

Sagt er: »Lieber Herr, geht heim in mein Haus! Da werdet ihr ein guten neuen Vorsatz finden. Dünkt der euch nit gut genug zu sein, will ich um einen besseren und stärkeren besehen.«

Der gut Beichtvater konnt wohl verstehn, was er für einen Vogel vorhanden, weist ihn mit seinem Vorsatz hinweg.

89.

Einer hat einen heißen Kopf

Im Elsass liegt ein Stadt am Gebirg mit Namen Kaysersberg. Darinnen wohnet ein Bürger, welcher auch ein Ratsfreund war, aber gar eines wunderbarlichen Kopfs und Gemüts. Er war gerechten Dingen hold; wenn er sich ein Sach vornahm, ließ er sich keineswegs davon abtreiben. Das erschien sich an seinem Leben und Absterben.

Es begab sich auf ein Zeit, dass gemelter Schandene (so war sein Name) im Rat zu Kaysersberg saß, und ward einer Sach halber befragt, was sein Meinung darin wäre. Er fällt nach seinem Gewissen ein Urteil, welche ihn gut bedünkt, und meinet auch gänzlich dabei zu bleiben; was andre Ratsherren dazu sagen, bestünde er für und für auf seinen elf Augen, wollt von seiner Meinung um einiges her nit weichen.

Also sagt einer des Rats zu ihm: »Hei, nit so, Schandene! Ihr müsst ein wenig gemach traben. Wie könnt ihr so ein heißen Kopf haben!«

Diese Wort verschmacht den guten Schandene, er nahm von Stund an seinen Hut, warf den von sich und sagt: »Wohlhin, ist mir denn mein Kopf so heiß, will ich ihn lassen erkühlen.«

Also hat er von diesem Tag an keinen Hut noch andere Bedeckung seines Haupts nimmermehr getragen bis an sein letztes End. In Schnee, Regen und Wind hat er gar keinen Unterschied, denn er trug weder Hut noch Kappen; denn ich hab ihn zu viel Malen gen Colmar zu Markt sehen gehn ohn ein Hauptdecke oder Hut.

Als nun sein Zeit kam, dass er von Gott angegriffen und in das Totenbett kommen ist, haben ihn seine Freund ermahnt, er soll beichten und sich zu dem hochwürdigen Sakrament schicken wie ein Christenmensch.

Sagt er: »Liebe Kind und Freund, bringt mir einen frommen Priester, so da untödlich sei! So ihr mir den bringt, bin ich urbittig, alles das zu tun, so ihr an mich begehrt.«

Auf solche Antwort wendeten seine Freund allen Fleiß an, brachten ihm etwo manigen Priester zuwege; aber keiner unter den allen wollt ihm anmütig sein, wiewohl auch der allerfrömmsten und geistlichsten Väter der Observanzen darunter waren, so ihn englische süße Wort unterstanden zu bereden. Aber alles umsonst war; denn er sagt, er spürte wohl ein äußerlichen Schein an ihnen, aber ihr Herz wär weit anders gesinnet.

So starb der gut Schandene und ward von den Geistlichen als ein Ungläubiger geacht; sie verschufen auch, dass man ihn außerhalb des Geweihten vergraben. Wo aber oder wie die Seel gefahren sei, steht zu Gott; der weiß, welcher der Frömmst ist, denn er aller Herzen Erkundiger und Erforscher ist. Der vergeb uns allesamt alle Missetat und verleihe uns ein seligs End. Amen.

90.

Eine kluge Antwort eines Ratsherrn

In einer namhaftigen Stadt, deren Namen ich diesmal von des Besten wegen zu nennen unterlassen will, saß ein reicher Meier, welcher auch ein Ratsfreund war und dabei ein weltweiser geschickter Laie.

Es war aber ein Bürgermeister in derselbigen Stadt gar eines stetigen Kopfs, grimm- und tyrannischer Art; deshalb ihm niemand nichts einreden durft, und entsetzt sich eine ganze Bürgerschaft vor ihm. Was er auch in seinem Sinn vornahm, unterstand er hindurchzudrücken, es wär gleich billig oder nit.

Nun trug es sich auf ein Zeit zu, dass gedachter Bürgermeister auf einen Tag von wegen der Stadt geschickt ward, sein Amt und Bürgermeisterrat einem andern bis zu seiner Zukunft übergab, damit man dennoch in seinem Abwesen Rat und Gericht halten möcht.

Es trug sich in deren Zeit zu, dass im Rat etwas Ernstliches gehandelt ward, so der Stadt Zwing und Bann belanget. Also geschah ein gemeine Umfrag, und sagt ein jeder sein Gutbedünken hierzu. Die Frag kam auch zuletzt an den obgemelten Ratsfreund; der nahm sich an, als wenn er hart entschlafen wäre. Als man ihn aber zum andern Mal fraget, tat er dergleichen, als wenn er erst aus dem Schlaf erwacht wär, und sagt: »Ich folg's dem obersten Meister«, und nannt damit den, so auf dem Landtag war, bei seinem Namen.

Es ward je einer den andern ansehen; auch derjenig, so umfraget, sagt: »Wie könnt ihr es dem Obermeister folgen, dieweil er nit zugegen ist?«

Bald antwort dieser: »Darum«, sagt er, »folg ich's ihm. Machet ihr's, wie ihr wollt, und wendet nur allen Fleiß an! Wenn er heimkommt und es ihm nit gefällig ist, wird er das nach seinem Gefallen machen. Darum folge ich's ihm.«

Diese Wort bedachten und erwogen die andern Herren gar hoch, dass ein ganze Stadt nur auf einen Mann sollte sehen, er hätt's gleich recht oder letz. Und ward dieser Meier in nächstfolgender Änderung eines Rats deren hohen Häupter eines, der dann dem Bürgermeister in unbilligen Sachen tapfer einredet und die Sach zum Teil in ein andre Ordnung bracht.

91.

Ein Weib hieß ihren Mann aus dem Haus zu bleiben, bis der Staub verging

Ein kurzweiliger junger Mann, so erst neulich in die Ehe kommen war, er hatt ein Wittfrauen genommen, welche vormals ein Bauersmann gehabt. Dieser aber war ein Maler und gar ein fisierlicher Mensch. Die gut Frau aber war der Malerei gar nit gewöhnt, blieb auf ihrem alten Gebrauch; wenn sie morgens die Stuben fegt oder schweifet, spritzet sie die gar nit, davon sich dann ein großer Staub erhob, welches dann die Maler sonderlich gern in Farben und an der Arbeit haben, vorab wenn sie von Ölfarben malen.

Eines Abends hat der gut Mann genug getrunken, sodass er den künftigen Morgen etwas länger schlief, denn sein Brauch war. Als er aber jetzt aufgestanden und sich angetan, will er eilends über sein Arbeit, eilt in die Stuben; die hat die gut Frau zu allererst gefegt und aber nit begossen, sodass ein großer Staub in der Stuben war. Der Mann ward zornig, schalt die Frau darum.

Sie sagt: »Kannst du nit ein Weil hinaus spazieren gehn, bis der Staub vergeht?«

Der gut Mann fasst die Wort in sein Öhrlin, nahm sein Degen und Rock, ging aus zu guten Gesellen, fing die Sach wieder an, da er sie am Abend gelassen hat, trieb das so auf acht Tag.

Als die verschienen waren, nahm er ein gute Bursch zu sich, führt die mit sich heim. Es waren aber seine Stube und Stubenfenster auf der Erden, dass man wohl hineinsehen mocht. Als er nun vor das Haus kam, stieß er mit erst den Kopf zum Fenster hinein und schrie: »Frau, ist der Staub vergangen? So will ich hineinkommen.«

Antwortet das Weib: »O ja, lieber Hans (so war sein Name), er ist gar hinweg. Gang nur herein! Ich will dir keinen solchen Staub mehr machen und fürbass die Stuben desto bass begießen.«

Also nahm er seine guten Gesellen mit sich hinein, gab ihnen ein Trunk, und waren all Sachen gericht.

Darum, ihr Weiber, seid gewarnt; ihr habt Rauch oder Staub im Haus, heißt darum die Mannen nit hinausgehn! Denn ihnen sonst von Natur angeboren ist, dass sie nit gern daheim bleiben.

92.

Von einem, den sein eigener Vater in seiner Krankheit nit wollt zu ihm lassen

Es wohnet zu Kaysersberg im Elsass ein guter alter Priester, der war gar alt; er kam in ein schwere und große Krankheit, sodass man ihm stetig wachen musst. Als er nun lang gelegen und ganz abkommen war, und nichts anders mehr vorhanden war denn der Tod und er jetzt in seinen letzten Zügen lag, trieb er auch das auf drei ganz Tag, dass er weder sterben noch genesen konnt.

Nun war ein guter Freund, ein Bürger, bei ihm, so seiner wartet. Es begab sich, dass derselbe eines Tags unter des Pfaffen Haustür stand, sich zu erkühlen und den guten Luft zu empfangen. Von ungeschicht geht vor das Haus ein üppiger, verwöhnter Vogel, der war ein Weinleiterer, Fasszieher oder, wie man sie an etlichen Orten nennt, Weinschröter, ein großer Speivogel. Derselbig hat von der herben Zeit, so der krank Priester hat, auch hören sagen; denn sein die ganz Stadt voll war. Er fragt den, so unter der Türen stand, ob der Priester noch nit verschieden wär.

Dieser sagt: »Nein, er liegt noch in Zügen, kann weder sterben noch genesen.«

Dieser sagt wiederum: »Lieber, lass mich ihn besehen!«

Also gingen sie miteinander zu dem Kranken. Der

unnütz Vogel, sobald er den Kranken ersieht, sagt er: »Lass mich machen! Ich soll ihm der Marter bald abhelfen.« Damit zuckt er dem Kranken das Kissen, so er unter seinem Haupt hatt, ganz frevenlich hinweg; von Stund an verschied der Krank.

Kürzlich danach begab sich, dass des Fassziehers Vater auch tödlich krank ward, sodass man ihm auch warten und wachen musst. Als nun sein Sohn zu ihm kam, wollt ihm wachen, ward der Vater laut schreien: »Hinaus, du Lecker, du Bub, gang nur nit zu mir! Du würdest mir sonst auch das Kissen unter dem Kopf hinwegziehen.« Also musst er hin und weg und durft bei seinem eignen Vater nit bleiben.

Also mag sich noch mancher an einem andern Kranken versündigen, dass ihn Gott straft und ihm die Gnad entzieht, dass er auch bei seinen eignen Freunden nit sein kann in ihrer Krankheit und letzten Nöten.

93.

Ein Schwab fragt, was Reinfall für ein Trank wär

Ein gut einfältig Mann aus dem Land zu Schwaben zog in dem Jubeljahr gen Rom mit andern seinen Landsleuten, wollten da groß Gnad und Ablass erlangen und erholen. Als sie nun nach Italien kamen, hat man ihnen die guten süßen welschen Wein vorgetragen, die sie mit großem Lust und Begierden getrunken haben.

Eines Tags trug sich's zu, dass sie bei einem deutschen Wirt, deren es denn auf der Straßen in Italien viel hatt, einkehrten. Derselbig war ein sonder großer Speivogel, sah wohl, dass den Schwaben der Trank wohl schmeckt und anmütig war, trug ihnen deshalb den Besten auf, so er im Keller hat.

Als ihnen nun der anfing ins Haupt zu riechen, ward je einer den andern fragen, was doch dies für ein Trank wäre. Der ein sagt dies, der ander das. Zuletzt ruften sie den Wirt herzu, fragten ihn, was doch das für ein Trank wär, ob es auch an Reben wüchs, oder ob man das machet wie die andern Getränk, als Bier, Alet und Lautertrank.

Als der Wirt ihr einfältigs Fragen vernahm, sagt er: »Mein liebe Pilger, ich will's euch nit verhalten; es ist kein gemachter Trank, sondern kommt so vom Himmel herabfließen. Wenn die lieben Heiligen weinen, so gibt es solch süßen Treher; die heben wir dann so auf, und wird ein solches süß Trank daraus.«

Alsbald fing ein einfältiger Schwab an inniglich zu weinen und sagt: »Ach ihr lieben Heiligen, was tun wir Schwaben euch zu Leid, dass ihr nit auch über das Schwabenland euer Treher auch ausgießen!«

Dies mussten die andern alle lachen, dass der gut einfältig Mensch dem Wirt seiner Worten so bald geglaubt hatt, wiewohl sie selbst auch noch für kein Eigenschaft wussten, was für ein Trank dies gewesen war.

Aber es ist gemeinlich in aller Welt der Brauch, welcher einfältig, fromm, schlecht und gerecht ist, da hilft jedermann zu, damit er noch mehr gefatzt und umgetrieben wird. Das nehm ich bei mir selbst ab; denn ich meiner Einfalt halber auch oft muss gefatzt sein.

94.

Ein Mönch wollt ein Sattel heimlich und verborgen in das Kloster tragen; den verraten die Stegreif

In einem Kloster war ein großer baumstarker Mönch, der hat ein Zeit ein Buhlschaft überkommen, das war gar eine kleine Person. Der gut Frater hätt sie gern im Kloster in seiner Zellen gehabt, konnt sie aber durch kein Mittel noch Weg hineinbringen; zudem war ihm der Pförtner abgünstig, wollt ihm deshalb nit durch die Finger sehen, wie vielleicht den andern Brüdern.

Der Mönch erdacht sich ein sondere List, wie er sie hineinbringen wollt. Er war Prokurator oder Schaffner im Kloster, darum er dann mehr Freiheit hat, über die Zeit auszubleiben, denn die andern.

Einmal nahm er sich abermal Geschäft an, kam gar spät heim, hat das gut Dirnlein auf den Kirchhof beschieden, da sollt sie seiner an einem heimlichen Ort warten. Er fand sie nach seinem Befehl, erwischt sie mit seiner Stärk unter einen Arm, trug sie ganz leichtfertig unter der Kutten davon, kam an die Pforten, schellet an.

Der Pförtner ließ ihn ein, fragt, was er unter der Kutten verborgen trüg.

»Ich muss morgen reiten«, sagt der Mönch, »hat mir ein guter Freund ein Sattel geliehen; denn mein Sattel ist mir zerbrochen.« Dem guten Töchterlein gingen die Füß unter der Kutten ein wenig hervor, daran hat sie zwei weiße Schühlein; sie aber meint sich gar wohl verborgen zu haben.

Der Pförtner ersah die aber und sagt zu dem Mönch: »Herr, hebt die Stegreif ein winzig bass auf! Sie werden euch sonst den Sattel verraten.«

Da das der Mönch hört, erschrak er fast übel; denn er sorgt, der Pförtner wird ihn verraten, dass man den Sattel hinter ihm suchen und finden wird. Darum er seinen guten Sattel wieder laufen ließ, bat den Pförtner still zu schweigen; sein Bitt aber half so viel, als sie mocht.

95.

Ein Narr konnt beten, wusst aber nit, welches hinten oder vornen gehört

Im Breisgau wohnet ein gar torechtiger, einfältiger Mensch, der ganz narrecht und kindisch war, hat aber dennoch von guten frommen Leuten, bei welchen er tägliche Beiwohnung und sein Unterschlauf hatt, lernen beten; galt ihm aber gleich, welches er zuvor betet, den Glauben oder das Vaterunser.

Wenn man ihn dann fragt: »Lentz, wie betest du so durcheinander? Unser Herrgott kann nit drauskommen«; so antwort er: »Ho, will er nit drauskommen, so bleib er darinnen stecken.«

Zuletzt aber brachten sie ihn auf die Bahn, dass er ordentlich beten lehrt, so dass, wer ihn hört, sich darab verwundert.

96.

Einer verwahrt der Stadtpforten Schlüssel im Turm

Es liegt ein Städtlein im Breisgau, da haben sie einen Brauch oder Gewohnheit, dass man alle Fronfasten oder Quatember einem Bürger die Schlüssel zu der Pforten befiehlt zu verwahren; der muss dann allweg abends und morgens, so man die Pforten auf- oder zutut, zugegen sein und demnach die Schlüssel vermög des Eids, so er darüber getan, wieder verwahren.

Nun war einer in gemeltem Städtlein gar ein seltsamer Bruder, an dem war das Quatember, dass er die Schlüssel verwahren sollt. Es begab sich auf ein Zeit, dass er die Pforten hat helfen zuschließen, ging dennoch zu seiner Bursch, trank sich gar voller Weins, kam auch mit großer Müh nach Mitternacht nach Haus, war dennoch so bedacht, dass er sein Weib nit wecken wollt, steigt auf einen Stall und legt sich auf einen Heuhaufen schlafen, lag so in guter Hut, schlief des Morgens, [bis] dass die Sonn hoch über alle Berg aufgangen war und gar weit im Tag war.

Niemand wusst, wo der mit den Schlüsseln hinkommen war. Man sucht ihn hin und wider; denn die Hirten ein gute Zeit mit dem Vieh an den Pforten gehalten. Zuletzt fand man den guten Schlemmer auf dem Heu schlafen; also weckten sie ihn auf.

Er eilet schnell seinem Befehl nach und schloss die Pforten auf, stieß dennoch die Schlüssel wieder in seinen Busen. Der Bescheid aber war gegeben, sobald er die Pforten aufgeschlossen hätt, sollt man ihn den nächsten in Turm führen. Das geschah so.

Auf den Abend, als man die Pforten wieder zuschließen wollt, schickt man zu ihm über den Turm um die Schlüssel, dass er anzeige, wo die zu finden wären.

Er sagt: »Wo sollen die anders sein, denn da sie sein sollen? Ich hab die hie bei mir im Busen.«

Also sagten die Gesandten: »So gib uns die heraus! Dann es ist so der Herren Befehl, damit man die Pforten zuschließen könne.«

Der Gefangene sagt: »Das woll Gott nit! Ich glaub auch nit, dass mir meine Herren solches zumuten werden. Denn wo ich die Schlüssel andern sollt geben zu verwahren, so tät ich je meinem Eid nit genug. Sie sind mir und keinem andern befohlen, hat auch auf diesmal kein anderer denn ich dazu geschworen.«

Diese Antwort zeigt man den Herrn an. Was sollten sie tun, denn dass sie Befehl gaben, man sollt ihn wieder aus dem Turm nehmen und ihn die Pforten selbst heißen zutun! Es wollten auch die Herren ohn das kein Ernst mit ihm brauchen, sonst hätt man die Schlüssel wohl von ihm bringen mögen. Also untersagt man ihm sonst mit ruchen und sträflichen Worten, er sollt sich hinfürbass hüten, sonst wollt man ihm eines mit dem andern messen.

97.

Einer trug Leid für seinen Vater in einer gelben Kappen

Zu Colmar im Elsass waren zwen Gebrüder; ihr Vater war ein Schuhmacher, ein alter betagter Mann. Der älter Sohn war auch ein Schuhmacher, gar ein bescheidener Mann. Der jünger war ein Maler, gar wild, wunderbarlich und gar vertüig, wie denn der Maler Brauch ist. Denn sobald er ein Batzen verdient, so waren sechs Kreuzer zuvor vertan; kam oft dazu, dass er Kunst und Kunstladen versetzt, damit er Geld zum Schlam überkäme.

Es begab sich, dass ihr Vater mit Tod abging und man ihn nach christlicher Ordnung sollt zu Grabe tragen. Der älter Sohn tat sich ganz schwarz an, hing ein Leidzipfel an sein Hals, wie sich dann gebührt. Der jung aber, der Maler, hat ein schwefelgelbe französische Kappen, die er gewohnt war zu tragen, kam darin in seines Vaters Haus gelaufen, wollt auch der Leich nachgehn.

Der Bruder und andre Freundschaft sagten, er sollt seines Vaters seligen schwarzer Röck einen antun; denn es gebührt sich nit, dass er so in der gelben Kappen der Leich nachgeh, dieweil sein Vater so ein ehrlicher Mann und des Rats gewesen wäre.

Er aber beharrt in seiner Kappen. Als aber die Freundschaft nit nachlassen wollt, er sollt ein schwarzen Rock anlegen, sagt er: »Das euch Potz Marter all miteinander ob einem Haufen schänd! Es ist mir der Tod meines Vaters wohl so leid in meiner gelben Kappen als meinem Bruder, Schwager und euch allen miteinander in euren schwarzen Röcken. Ihr werdet mir auch keinen andern Rock zu diesem Mal anbringen.« Also mussten sie ihm recht sein Weis lassen.

98.

Ein Drescher fällt von einem Kornstock

In einer Scheuren waren etlich Drescher beieinander, so ein gemein Verding angenommen hatten, den ganzen Winter zu dreschen. Es begab sich auf einen Tag, dass sie aufwanneten und jetzund wieder anlegen sollten. Der ein unter ihnen stieg zu oberst auf den Kornstock und warf Garben rab auf das Tenn. Wie er aber die Schanz hat übersehen, ist er von oben herabgefallen auf die Garben, so er zuvor rabgeworfen hat, davon ihm gar weh geschehen. Seine andern Gesellen erschraken des

Falls sehr übel, liefen hinzu, meinten, er wär den Hals gar abgefallen. Dem guten Kerle war jetzund die Ohnmacht wieder vergangen und er zu sich selbst kommen. Als er aufblicket und seine Gesellen ersieht, hebt er an mit lauter Stimm zu schreien: »O mort! Liebe Gesellen, lauft bald, bringet Schlüssel her und brechet mir das Maul auf!« Der gut Schweiß meint, ihm wär das Maul zu, und schrie doch, dass es in der ganzen Scheuer einen Schall gab.

99.

Ein Kaufmann schütt Brunz in ein Gewandkasten

Etlich Kaufleut fuhren gen Frankfurt in die Mess; zu Mainz kamen sie in eine Herberg, darin sie über Nacht blieben. Nun war einer unter ihnen, so mehr sorgsam und angsthaft war denn die andern alle, weshalb er zur Nacht nit schlafen mocht; und wo sie in einer Herberg über Nacht lagen, stand er oft in der Nacht auf und lugt, wann es tagen wollt.

Nun lagen sie zu Mainz in einer Kammer, darin stand zunächst bei seinem Bett ein groß Kensterlein oder Gewandkasten mit viel Dathen und Türlen. Der gut Kaufmann nach seiner Gewohnheit stand wieder etlich Mal in der Nacht auf, wollt nach dem Tag schauen; und wenn er meint, den Kammerladen aufzutun, tat er allweg ein Türlein an dem Kensterlein auf, stieß den Kopf hinein; so war es gar finster. Solches tat er etliche Mal.

Zuletzt ward ihm vonnöten, das Wasser abzuschlagen, stand auf, nahm die Kachel unter dem Bett, tat sein Notdurft darin, tut die Tür am Kasten auf und schütt den Harn ganz frevenlich in den Kasten, dass er ihm wieder zurück in das Angesicht spritzt. Erst [jetzt] ward er gewahr, wo er die Nacht hingesehen hatt; er fing heimlich an zu fluchen und zu schelten. Seine andern Gesellen erwachten darab, fragten ihn, was ihm begegnet wär. Als er ihnen das sagt, verhofft, sie würden ein Mitleid mit ihm haben, fingen sie erst an seiner zu spotten, und er musst die ganz Reis, bis er wieder heimkam, so ihr Fatzmann sein.

100.

Ein Bauer fand ein Kränzlein auf einer Hochzeit; geriet ihm dadurch, dass er ein gut Mahl aß

Ich hab eines guten Gesellen Kundschaft gehabt, der war ein Bauersmann, aber ein schamperer, scherziger und kurzweiliger Mann. Es begab sich auf ein Zeit, dass er Zinskorn in ein Stadt führt, deren Namen ich hie unterlass anzuzeigen. Nun war in derselbigen Stadt ein groß Hochzeit, darauf viel ehrliche Leut aus andern Städten geladen waren. Als nun der Kirchgang vollbracht war und man jetzund zu dem Imbiss gehn sollt, hat einer der Hochzeitmänner seinen Kranz vom Hut oder Barett fallen lassen; denselbigen hat gemelter

Bauersmann gefunden und auf seinen Hut gesteckt, ist so dem Brautvolk nachgefolgt bis an den Ort, da der Imbiss bereit gewesen ist.

Also haben die, so dazu verordnet, jedermann einen jeden nach seinem Staat und Würden zu Tisch gesetzt. Als man aber schon gesessen, ersieht einer des Bräutigams Verwandter den Bauern mit dem Kranz, führt ihn von Stund an hinauf in die Stuben, setzt ihn zu einem Tisch zu andern Karchern, so die fremden Brautleut hergeführt hatten. Der gut Bauer nahm's zu großem Dank an, zecht und war guts Muts.

Als nun der Imbiss vollendet war, nahm der Bauer Acht auf den, so ihn hat zu dem Tisch heißen sitzen. Er nahm freundlich Urlaub von ihm, danket ihm des guten Mahls.

»Wie?«, sagt dieser. »Will denn euer Volk so bald vom Hof scheiden?«

Der Bauer sagt: »Ich weiß von keinem Volk gar nichts. Ich hab meinem Junker Zins bracht; hat mich unser Herrgott dies guten Mahls beraten, hab ich recht mit Dank angenommen.« –

»Wohlan«, sagt dieser, »mein Freund, ist dir etwas Guts beschert, so nimm's zu Dank an und lass es bei dir bleiben!«

Das Bäuerlein wischt das Maul, nahm Urlaub und fuhr wieder davon.

101.

Ein Maler wusst keinen deutschen Mann in seiner Kleidung zu malen

Ein Edelmann verdingt einen Maler, ein Saal zu malen, welcher gar ein kunstreicher, guter Maler war. Des Edelmanns Verding war, dass er ihm allerlei Nationen und Völker malet mit ihrer Kleidung und wie sie gehn mit Wehren und ihrer gewöhnlichen Kriegsrüstung.

Das alles malet er ihm gar artlich und künstlich, so dass Juden, Tatarn, Heiden, Türken, Griechen, Sarazener, Araber, Indianer, in summa kein Volk ausgenommen, außer die Deutschen.

Als nun der Edelmann das Gemäld besichtiget und ihm all Ding gar wohl gefallen, hat ihm allein gemangelt, dass er die Deutschen in ihrer Kleidung nit gesehen. Darum er verursacht war, den Meister zu fragen, was die Ursach sei, dass er die Deutschen ausgelassen hätt.

Darauf hat der Maler geantwortet, es sei ihm nit möglich, denn er wiss' ihnen kein Kleidung zu machen. Als aber der Edelmann die auch haben wollte, hat der Maler einen ganz nackenden Mann gemacht und ihm ein große Bürde Tuch auf den Rücken gemacht.

Hat der Edelmann gefragt, was er damit gemeint, dass er einen Nackenden dahin gestellt hab.

Darauf hat er geantwortet: »Junker, die deutsch Kleidung zu malen ist keinem Maler in der ganzen Welt möglich, denn sie allen Tag etwas Neues hervorbringen. Man kann schier deutsch noch welsch voreinander erkennen. Dies Tuch aber hab ich ihm darum auf den Rücken geben, dass ein jeder mag davon nehmen und ihm, dem nackenden Deutschen, ein Kleid nach seinem Gefallen machen!«

Mit dieser Verantwortung war der Edelmann gesättiget und musst dem Maler gewonnen geben.

Das ist ungefährlich vor dreißig Jahren geschehen. Nun wollt ich gern wissen, wenn jetzund einer einen Deutschen malen wollt, wie er doch die Sach angreifen wollt; so sehr ist die Welt entwichtert. Man sehe doch nur an den großen überschwänglichen Mutwillen und die Unkosten der schändlichen und lästerlichen Pluderhosen.

102.

Von einem Scherer, der einer Dorffrau einen Dorn aus einem Fuß zog

Es begab sich auf ein Zeit zu Basel in der kleinen Stadt, da kam eine Bäuerin zu einem Scherer, die hatt an einen großen Dorn getreten. Die bat den Scherer mit weinenden Augen und sprach: »Ach, mein lieber Meister, ich bitt euch durch Gotts und des Gelds willen, kommet mir zu Hilf!«

Da sprach der Scherer: »Liebe Frau, wie ist euch geschehen?«

Da sprach die Bäuerin: »Ach, mein lieber Meister, ich ging gestern mit meinem Hans in den Wald, und hab im helfen Scheiter laden und mich so übel verletzt an einen Dorn.«

Da sprach der Scherer: »Ach, liebe Frau, sitzet da nieder auf das Kissen! So will ich euch geschwind geholfen haben.« Und in dem, wie er ihr zu Hilf will kommen mit einem Instrument, da lässt die gut Frau ein großen mächtigen Furz von Angst und Not.

Da sprach der Meister: »Oho, der ist heraus!«

Da meint die gut Frau, er hätt den Dorn gemeint. Geschwind sprach die Bäuerin: »Ach, kauet ihn und bindet ihn darüber! So schwiert es nit.«

Da sprach der Scherer: »Kaue ihn der Teufel an meiner statt!«

Da meinet aber die Bäuerin, er hätt den Dorn gemeint; so meint er den Furz.

103.

Von Herrn Hans, der Würst trug im Sack und wollt Mess halten

Es war einmal ein Pfaff im Fricktal, der hieß Herr Hans, der ging um Sankt Martinstag und wollt Mess halten. Als er aber durch die Dörfer ging, wie es denn ein Dorf an dem andern hat, und es eben in der Zeit war, dass die Bauern die Schwein metzgen oder schlachten, so kommt er in ein Dorf, da hat ein Bäuerin gemetzget; die ruft den Pfaffen hinzu und sprach: »Herr Hans, Herr Hans, kommt und nehmt da die Würst! Denn ich hab die beste Sau gemetzget, so ich im Stall gehabt hab.«

Da sprach Herr Hans: »Ach, mein liebe Frau, ich hab nichts, darin ich sie trage.«

Da gab die Bäuerin dem Pfaffen ein leinenes Säcklein und tat ihm die Würst darein. Also nahm der Pfaff das Säcklein mit den Würsten und steckt es hinten auf den Rücken unter den Gürtel, geht damit sein Straß, seine Bauern zu versehen und Mess zu halten.

Als er nun über den Altar kommt und es an der Zeit war, dass er elevieren oder den Herrgott aufheben sollt, kommt der Sigrist von hinten zu und will ihm die Alb aufheben. In dem er's aber so aufhebt, vermeint der gut Herr, es sei ein Hund und schmecke ihm nach den Würsten, und gedenkt nit mehr an den Sigristen, der hinter ihm kniet, stößt deshalb mit dem einen Fuß und trifft den Sigristen an Hals, dass er vier Staffeln herunterfiel; denn er vermeint, es wär ein Hund und wollte ihm die Würst fressen. Da liefen die Bauern zu und meinten, der Sigrist hätt den hinfallenden Siechtagen; so stieß ihn aber der Pfaff so übel.

104.

Von einem Trummenschläger, dem etlich Wölf nacheilten, er aber mit seiner Trummen fiel

In vielen Dörfern ist der Brauch, dass die Bauern beieinander sind um Sankt Martinstag, wenn der lieb heilig Sankt Schweinhardus im Leich ist unter den Bauern zu denselben Zeiten, das dann bei ihnen währet bis Fastnacht etc. Auf ein Zeit begab es sich, dass ein Trummenschläger ein Zeit lang bei ihnen gewesen war und die Bauern hatt leichtsinnig gemacht, und es nun Zeit war, dass er sollt wieder heimgehn.

Als er nun sich mit seiner Trummen auf den Weg heimwärts macht, begegneten ihm etlich Wölf, welche ihm nacheilten und ihn gern gessen hätten; denn sie gar hungrig waren und ihm auf dem Fuß nachfolgten. Er aber für und für hinter sich lugt und fürcht, sie würden ihn zerreißen. Und in dem als er so hinter sich lugt, so fällt er über ein alten Stock mit der Trummen, dass die Trummen wieder vom Erdreich aufsprang und ein groß Geschrei und Getümmel macht, dass die Wölf von dem Geschrei erschraken und liefen wieder hinter sich dem Wald zu.

Da das der Trummenschläger sah, dass sie von dem Getön erschraken, erfasset er sein Trummen und nimmt die Schlegel zu seinen Händen und schlägt auf die Trummen wie tausend Teufel und jaget so die Wölf im Wald herum mit großen Freuden, die er dann von dem Fall aus Furcht überkam, dass die Wölf von ihm wichen.

105.

Von dem Narren im Sack

Der Kurfürst zu Sachsen hatt einen Narren, der hieß Claus; der hatt auf ein Zeit etwas misshandelt. Deshalb die Kurfürstin zu ihm kam und sprach: »O lieber Claus, du weißt wohl, was du getan hast. Ich sorg, es werd dir übel gehn; denn der Fürst hat dir gedräuet, er wolle dich lassen henken, da helfe nichts dafür.«

Der gut Claus Narr erschrak so übel, dass er schier in die Hosen gehofiert. Das merkt nun die Fürstin und gedacht: »Die Sach wird sich recht schicken«; denn es ein angelegter Handel und darum angefangen war. Deshalb sagt die Fürstin weiter: »O lieber Claus, so du mir folgen willst und tun, was ich dich heißen werd, so will ich dir davon helfen.«

Der Narr war froh und verhieß ihr, er wollte folgen.

Da hatt sie ein Edelmann dazu bestellt, der hat sich verkleidet in Bauernkleidern, dass ihn der Narr nit erkannt, sondern vermeint, es wär ein Bauer. Die Fürstin sagt zu dem Bauern: »Bäuerlein, lieber, lang dein Sack her und lass mein Clausen dareinschliefen und bind den Sack zu und trag ihn bis vor das Tor hinaus. Und wenn man dich fragt, was du tragest, so sag, es sei Haber, den habest im Schloss gefasst!«

Das Bäuerlein nahm sein Sack, stieß Claus Narren darein, band ihn zu, nahm ihn auf sein Achsel und zog mit ihm davon.

Wie er aber über die Brücke zum Schloss hinaus will, steht der Kurfürst samt seinen Edelleuten auf der Brücke; der spricht den Bauern an und fragt ihn, was er im Sack trag.

Antwortet das Bäuerlein: »Gnädigster Herr, ich trag Habern, den ich im Schloss gefasst hab.«

Daran der Fürst kein Vernügen haben wollt und fraget ihn zum andern Mal und sprach: »Du Bäuerlein, sag mir die recht Wahrheit! Was trägst im Sack, das so schwer ist?«

Das Bäuerlein sprach wie zuvor: »Es ist Haber«, welches der Kurfürst gar nicht glauben wollt.

Da fing Claus Narr zum Kurfürsten an und schrie im Sack: »Du Narr, er trägt Habern. Hörst du nichts? Habern trägt er. Verstehst du nit mehr deutsch? Habern, Habern!«

Des lachet der Kurfürst und seine Edelleut; sie gingen davon und ließen den Narren im Sack stecken.

106.

Von einem, so ein Stuten kaufen und sein Sohn schlug, so auf dem Füllen reiten wollt

Es wohnet ein guter einfältiger Mann in einem Dorf im Schwabenland, genannt Faimingen; der war arm und ernährt sich des Taglohns. Wenn nun die andern seine Nachbarn mit Ross und Karren ins Holz fuhren, musst er das Sein mit seiner Frau auf dem Hals und Rücken heimtragen und es mocht doch nichts erschießen; denn wenn sie schon ein ganzen Tag zusammentrugen, mocht es nit so viel austragen, als er im Taglohn gewinnen mocht.

Deshalb er an einem Sonntag zu seiner Frau niedersaß, mit ihr ratschlaget und sprach: »Mein liebe Frau, wie ist ihm doch zu tun? Du siehst, wenn wir schon lang das Holz selbst auf unsern Achseln heim fleischen, so versäum ich doch am Taglohn noch so viel, als wir beide schaffen mögen.«

Da sprach die Frau: »Mein lieber Hauswirt, es ist wahr, wie du sagst. Wie rätst du doch, dass ihm zu tun sei?«

Der gut Mann sagt: »Ich meint, wenn wir etwa unsere zwen Gevattern ansprächen, dass sie uns vorsetzten, dass wir etwa ein junge Stuten kauften, so könnten wir auch ins Holz fahren wie andre Leut. Und ehe das Jahr herumkommt, so hat es ein jung Füllen; das wollen wir dann aufziehen. So haben wir dann auch Ross wie andre Leut.« Der Rat bedünkt die Frau gar gut.

Nun hatten sie ein Knäblein von acht Jahren. Als es den Ratschlag hört, da fing es an und sprach: »Ei ja, lieber Vater, so will ich dann auf dem Füllen reiten.«

Da ward der Vater ergrimmt über den Knaben und sprach: »Gott geb dir Sankt Veltin! Gelt, du wolltest mir dem Füllen den Rücken entzwei drücken mit deinem Reiten?« Nimmt hiemit den Knaben beim Haar und will ihn schlagen. Als es aber die Mutter ersieht, will sie dem Kind zu Hilf kommen und ihn dem Mann nehmen. Der Mann aber nicht unbehend nimmt sie bei dem Schleier oder Tüchlein und schlägt ihr die Haut recht genug voll.

Also hatten sie einander um das Füllen geschlagen, und hatten aber weder das Geld, die Stuten, noch das Füllen.

107.

Von einem armen Studenten, so aus dem Paradies kam, und einer reichen Bäuerin

Durch ein Dorf ging einmal ein armer Student, welcher wenig Zehrung im Säckel bei sich trug und aber die Füß lieber unter dem Tisch hatt, denn dass er sollt in einem Buch studieren, als man deren noch viel findet. Als er aber nun wohl in das Dorf hineinkommt, geht er zu eines reichen Bauern Haus, welcher nit daheim war, sondern in das Holz gefahren.

Die Frau aber, welche zuvor auch einen Mann gehabt, so Hans geheißen und ihr vor wenig Jahren gestorben war, weshalb sie jetzt den andern Mann hätt, dieselbig Frau steht in dem Hof vor dem Haus. Und so sie den Studenten ersieht, spricht sie ihn an, fragt ihn, wer er sei und von wannen er komm.

Antwortet der Student: »Ich bin ein armer Student und komm von Paris.«

Die gut einfältig Frau verstand's nit recht, vermeint, er hätt gesagt, er komm aus dem Paradies, deshalb sie ihn noch einmal fragt: »Kommt ihr aus dem Paradies?«

»Ja, liebe Frau«, sprach der Student, denn er merkt von Stund an wohl, wen er vor sich hatt.

Da sprach die Bäuerin: »Lieber guter Freund, kommt mit mir in die Stuben! So will ich euch etwas weiteres fragen.«

Als er nun in die Stuben kam, da hieß sie ihn niedersitzen, fing an und sprach: »Mein guter Freund, ich hab zuvor auch einen Mann gehabt, hat Hans geheißen, der ist vor dreien Jahren gestorben. Ach du mein lieber Hans, Gott tröst dein liebe Seel! Ich weiß, dass er im Paradies ist; er ist wohl so ein frommer Mensch gewesen. Lieber Freund, habt ihr ihn nicht im Paradies gesehen? Oder kennt ihr ihn nit?«

Der Student sagt: »Wie heißt er mit dem Zunamen?«

Sie sprach: »Man hat ihm nur Hans Gutschaf gesagt; er schielt ein wenig.«

Der Student besinnt sich und sprach: »Potz ja, ich kenn ihn jetzt wohl.«

Die Frau sprach: »Ei, lieber Freund, wie geht's ihm, meinem guten Hans?«

Der Student antwortet und sprach: »Schlechtlich genug. Der arm Tropf hat weder Geld noch Kleider. Wenn gut Gesellen nit das Best getan hätten bisher, er wär wohl Hungers gestorben. Denn wo etwa gut Gesellen beieinander zechen, so holt er Wein und Brot und schenkt ihnen ein.«

Da die Frau das hört, fing sie an zu weinen und sprach: »Ach du mein Hans, nun hast du nie keinen Mangel bei mir gehabt und musst erst in jener Welt Mangel leiden! Hätt ich das gewusst, ich wollt dich wohl versorgt haben mit Kleidern und mit Geld, dass du auch andern gleich hättest mögen zehren; denn du von Gottes Gnaden noch gute Kleider hast. Hätt ich nur einen Boten, ich wollt dir's schicken und ein guten Zehrpfennig dazu.«

Der Student, als er solches hört, sprach er zu der Frau: »O liebe Frau, seid guter Ding! Wenn es nur an einem Boten mangelt, so will ich euch wohl so viel zu Gefallen tun und ihm's bringen. Denn ich jetzt den nächsten wiederum ins Paradies will; ich hab etlichen mehr Geld zu bringen.«

Als die Bäuerin solches hört, war sie froh und bracht

dem Studenten zu essen und trinken und hieß ihn redlich zechen. »Denn ich will«, sprach sie, »dieweil ein Ding zusammensuchen.«

Also geht sie hinauf in die Kammer über den Kasten, da des Hansen Kleider lagen, und nimmt etliche Hemder, zwei Paar Hosen und den gefüllten Rock samt etlichen Fatzenettlein, macht's auf das geschmeidigst ein, dass es fein kommlich zu tragen ist. Danach hat sie etlich alt ungarisch Gulden und gut alt gestampft Plapphart, bindet's in ein weiß Lümplein, gibt's dem Studenten mitsamt der Bürde und schenkt ihm auch etwas, damit er's desto fleißiger ausrichte.

Als er nun gessen und trunken hat, nimmt er die Bürde mit den Kleidern auf den Hals, dankt der Frau und zeucht damit davon.

Nun war es eben um Mittag, dass der Bauer aus dem Holz heimkam, lief ihm die Frau entgegen und sprach: »Lieber Hauswirt, soll ich dir nit Wunder sagen? Es ist ein Mann bei mir gewesen, der kommt aus dem Paradies und kennt mein Hansen selig wohl; er hat mir gesagt, wie er so arm sei und großen Mangel leide. Da bin ich hingangen, hab ihm seine Kleider geschickt samt etlichen ungarischen Gulden und gestampften Plappharten, welche du nit gewusst hast, und sollt dich der Ritt schitten.«

Der Bauer erschrak und sprach: »Ei, du hast es dem Teufel auf den Kopf geben!« Sitzt schnell auf sein besten Hengst und eilt dem Studenten nach. Der Student aber stets hinter sich luget (denn er versah sich wohl, es würd so gehn). Als er den Bauern sieht hernacheilen, wirft er geschwind die Bürde in ein Hag und findet ungefähr ein Paar Haghandschuh und ein Schaufel; die legt er an.

Als nun der Bauer zu ihm kam, fragt er, ob er nit einen mit einer Bürde gesehen hab.

»Ja, alsbald er euch gesehen, ist er über den Hag gesprungen und dem Holz zugelaufen.«

Der Bauer sprach: »Lieber, halt mir's Ross! So will ich ihm nacheilen.« Springt damit über den Hag dem Holz zu.

Der Student nimmt die Bürde, sitzt aufs Ross und reitet davon.

Als nun der Bauer niemand fand, kehrt er wieder um. So findet er weder das Ross noch den, der's ihm gehalten hat; da gedacht er wohl, wie es zugangen wär.

Als er nun heimkommt, fragt ihn die Frau, ob er ihn gefunden hab.

Er sagt: »Ja, ich hab ihm das Ross dazu geben, dass es ihm desto bälder werde.«

108.

Von einem Weihnachtskind und dem Joseph, wie er ihm ein Müslein kochet in der Kirchen und sie einander in der Kirchen schlugen

Im Bistum Köln geschah es einmal zu den Weihnachtzeiten in der Christnacht, dass sie das Kindlein in derselben Nacht wiegen, und nahmen einen großen Chorschüler, der sollte das Kindlein sein, und legten das Kindlein Jesu in ein Wiegen; und Maria, die wiegt es, und das Kindlein fing an gar heftig zu schreien. Als es aber nit schweigen wollt, läuft der Joseph gschwind hin und will dem Kindlein Jesu ein Müslein oder Brei kochen und ihm zu essen geben, damit es schweige. Je fester er aber kochet, je mehr das Kind schreit. Als es aber je nit schweigen will, nimmt der gut Joseph ein Löffel voll heißes Mus, läuft damit zu der Wiegen und stößt dem Kind den Löffel mit dem heißen Mus in Hals und verbrannt dem Kind das Maul so übel, dass ihm das Schreien und Weinen verging. Das Kind wischt geschwind in der Wiegen auf, fiel dem Joseph ins Haar, und sie schlugen einander. Aber das Kind war dem guten Joseph zu stark; denn es warf ihn zu Boden und ging dermaßen mit ihm um, dass die Leut, so in der Kirchen waren, dem Joseph zu Hilf kommen mussten.

109.

Von dem Narren im Taubenhaus

Es hat der hochgeborn Fürst Markgraf Ernst von Baden einen Narren an seinem Hof, der hieß Cuntz; der war hübsch, jung und stark und gerad von Person. Der gefiel einer reichen Wittfrauen, so auch in derselben Stadt wohnet, da der Markgraf dazumal Hof hielt, gar wohl; deshalb sie ihm nachstellt.

Eines Tags begab es sich, dass sie ihn heimlich in ihr Haus bracht, dass es niemands gewahr ward. Also trug sie ihm Gesottens und Gebratens, desgleichen Wein und Brot auf und füllt ihm sein Haut gar voll, und hielt ihn so ein Zeit lang bei ihr im Haus heimlich verborgen; denn sie sonst gar einig ohn ein Magd oder Köchin haushielt.

Als nun der Fürst des Narren mangelt und ihn in etlich Tag nit am Hof gesehen, ließ er allenthalben in der Stadt nach dem Narren fragen, ob ihn jemand gesehen hätt; aber man konnt nit erfahren, wo der Narr hinkommen war. Das stand so an bis an unsers Herrn Fronleichnamstag, welches ein groß Fest ist; alsdann trägt man in der Prozession den Himmel und Sakrament darunter um.

Als nun der Tag kam, rüstet sich die gute Wittfrau, so den Narren eingetan, auch und wollt auch zur Kirchen gehn und einmal geistlich sein; aber sie wusst nit, wo sie mit dem Narren hin sollt. Also besinnt sie sich und sperrt den Narren in ein groß Taubenhaus, so sie oben im Haus hatt, und geht in die Kirchen.

Wie man nun mit der Prozession anhebt zu gehen, fing man mit allen Glocken an zu läuten; als sie aber vor der Wittfrauen Haus, darin dann der Narr im Taubenhaus steckt, kamen, hielt man da still, und sang man ein Evangelium.

Als nun der Narr das hört, brach er das Gatter auf und stieß den Kopf hinaus und wollt sehen, was es für ein Wesen wär. Als er nun hinauslugt und das groß Volk in der Prozession sieht, so ersieht er ohn alles Gefährd den Markgrafen mit seinem Hofgesind. Also hebt er mit lauter Stimm an zu schreien und ruft: »Markgraf Ernst, Markgraf Ernst!«

Der Markgraf luget um sich, hört den Narren wohl rufen, aber wusst nit, wo er war. Zuletzt aber erblickt er den Narren.

So das der Narr ersieht, spricht er: »Markgraf Ernst, oho, ich mein, ich hab ein gute kleine Sach. Man gibt mir guten Wein und gut Brot und gut Fleisch, Gesottens und Gebratens, und das mir am besten schmeckt; man backt mir gute Küchlen und gibt mir alles, was ich nur will haben. Und wenn ich bei dir bin, so muss ich Holz und Wasser tragen, und schlägt man mich übel dazu; und was ich sonst dazu zu schaffen hab, das wollt ich dir sonst nit sagen. Ich will dir aber das zusagen, dass ich kurzum nimmer zu dir will. Danach wiss dich zu richten!«

Der Markgraf und sein Hofgesind samt allem Volk sahen das Haus an und fingen an zu lachen. Des andern Tags schickt der Markgraf ein Diener nach dem Narren und ließ ihn holen. Und ward die gut Wittfrau ihres entlehnten Dieners beraubt und dazu verspottet.

110.

Wie ein Schneider in Himmel kommt und unsers Herrgotts Fußschemel nach einer alten Frau herabwirft

Es hat sich begeben an einem schönen Tag, dass unser Herrgott spazieren wollt gehen, und nahm all seine Apostel und Heiligen mit sich, sodass niemands daheim im Himmel blieb denn allein Sankt Peter; dem befahl er, dass er gedachte und niemand einließe, dieweil er aus wär, und zog so davon.

Nun kam ein Schneider vor den Himmel; der klopfet an. Sankt Peter fraget, wer da wär und was er wollte.

Der Schneider sagt: »Ich bin ein Schneider und wollt gern in Himmel.«

Sankt Peter sprach: »Ich darf niemand einlassen. Denn unser Herrgot ist nit daheim, und wie er hinweg-ging, verbot er mir, ich sollt gedenken und niemand ein-lassen, dieweil er aus wär.«

Aber der Schneider ließ nit nach Sankt Peter zu bitten und bewegt ihn mit seinem langen Bitten dahin, dass er ihn verwilliget hinein zu lassen, doch mit dem Geding, er sollte in einem Winkel hinter der Türen fein züchtig und still sitzen, damit, wenn unser Herrgott käme, dass er seiner nit wahrnähme und zornig würde. Das verhieß er ihm.

Also setzt er sich hinter die Türen in ein Winkel, und sobald Sankt Peter vor die Tür hinausgeht, steht der Schneider auf und geht in allen Winkeln im Himmel herum und besieht eins nach dem andern. Zuletzt so kommt er zu vielen schönen und köstlichen Stühlen, unter welchen in der Mitte ein ganz goldener Sessel stand, darin viel köstliches Edelgesteins versetzt war; er war auch viel höher denn der andern Stühl keiner, vor welchem auch ein goldener Fußschemel stand; auf demselbigen Sessel saß unser Herrgott, wenn er daheim war. Der Schneider stand still vor dem Sessel ein gute Weile und sah ihn stetig an; denn er ihm am allerbesten unter den andern gefiel. Also geht er hinzu und setzt sich in den Sessel.

Wie er nun so sitzt, sieht er nieder sich und sieht alle Ding, was auf Erden geschieht. Unter anderem aber ersieht er ein alte Frau, welche ihrer Nachbarin ein Unterband Garn stielt. Davon dann der Schneider erzürnet, nimmt den goldenen Fußschemel und wirft den nach der alten Frau durch den Himmel auf die Erden hinab.

Da nun der Schneider den Schemel nit mehr erlangen mocht, schlich er hübschlich aus dem Sessel und setzt sich wieder hinter die Tür an sein altes Örtlein und tat dergleichen, als wenn er nirgends da gewesen wär.

Als nun unser Herrgott wieder heimkam, ward er des Schneiders nit gewahr; wie er sich aber in seinen Sessel setzt, mangelt er seines Schemels. Also fragt er Sankt Peter, wo sein Schemel hinkommen sei.

Sankt Peter sagt, er wüsste es nit.

Da fragt er weiter: »Wer ist da gewesen? Hast niemand hereingelassen?«

Er antwortet und sprach: »Ich weiß niemand, der hinnen ist gewesen, denn ein Schneider, der sitzt noch da hinter der Türen.«

Da fraget unser Herrgott den Schneider und sprach: »Wo hast mir mein Schemel hingetan? Hast du ihn nicht gesehen?«

Der Schneider erschrak, gab mit Furcht und Zittern Antwort und sprach: »Ich bin in deinem Sessel gesessen und hab gesehen, wie da unten auf Erden ein alte Frau ihrer Nachbarin ein Unterband Garn gestohlen hat; darab ich erzürnet bin worden und hab den Fußschemel nach ihr geworfen.«

Da ward unser Herrgott zornig über den Schneider und sprach: »Hei, du Schalk, sollt ich so manches Mal ein Schemel nach dir geworfen haben, so oft du zuviel Garn geschnitten und ins Aug geschoben hast, ich hätt weder Stühl noch Bänk mehr im Himmel.«

Also ward der Schneider vor den Himmel herausgestoßen und ihm sein Bresten und Mangel auch entdeckt und ans Licht hervorgezogen worden.

Es ist auch zu besorgen, man finde deren noch viel

jetzt zu unseren Zeiten, so einen, der in einem Laster kaum eins Strohhalms tief steckt, rechtfertigen und strafen wollen, und aber sie gar darin ersoffen sind.

III.

Von einem Doktor, der sich zu Venedig unterstand, eines Hauptmanns Buhlschaft zu beschlafen; aber es fehlet ihm hässlich

Zu Venedig war ein Doktor, hatt ein großen Buckel, war eine klein Person; der wär gern bei einer Kordisana gelegen und macht mit einer Ruffianerin sein Praktik, verhieß, ihr ein Verehrung zu schenken. Nun es kam derselbigen Kordisanerin vor, wie das kleine Doktorlein gern bei ihr möcht sein und ihr große Verheißung ließ tun, zeiget sie ihrem Hauptmann solche Sach an, wie einer vorhanden wär, wo er ihr wollt erlauben, getrau sie hundert Kronen bald zu bekommen. Auf solche Bitt und Anhalten ward es ihr erlaubt, doch dass sie vor allen Dingen das Geld von ersten auf die Sach bekäm.

Nun ließ sie dem Doktor solches anzeigen, wo er ihr wollte halten nach Zusage der alten Frau, so wär sie zufrieden, ihr Capitan wollte [verreisen]; um deswegen, so er ihr hundert Kronen wollte a bona conda geben, so sollt er morgen zur Nacht kommen und ihr lassen ein Sesterol heimtragen, wollt sie es lassen auf das Best zurichten. Das geschah bald; sie ließ es aufs Herrlichst bereiten.

Da es nun schier Zeit [wollte] sein, der gute Doktor ging vorm Haus hin und her, es verlanget ihm sehr; man ließ ihn aufs Letzte hinein. Er ward schön empfangen; die Madonna begehrt, dass er ihr sollt geben das Geld. Das tat der Doktor bald; denn sein Herz fuhr ihm auf dem Schlitten, bedacht das Ende nicht. In summa, der Doktor zog sich ab bis auf die Hosen und Wammes, meinet, die Sach hätt er gewonnen. In dem so klopft der Capitan am Haus an gar ernstlich; die Madonna läuft zum Doktor und spricht: »Caro Signor Doktor, mein Herr kommt. Wie soll ich alle mein Sache tun? Wo er euch wird vernehmen, müssen wir beide sterben.«

Dem guten Doktor wird so Angst, dass er begehrt, sie soll ihn hintun, wo sie will; er möcht leiden, er wär wieder daheim. Sie zeigt ihm ein Kasten und tat ihn hinein.

In dem kommt der Hauptmann mit seinen Dienern hinauf in die Kammer und stellt sich gar grausam über die Madonna und begehrt, sie soll ihm sagen, warum sie ihn so lang vor der Tür hätt lassen stehn, auch was bedeut, dass der Bratspieß so wohl geschmückt sei; da woll er nit weichen, er woll wissen, wie es zuging. Die Kordisanerin bitt ihn, er soll doch nicht so tun, sie wiss' von nichts. In summa, der Capitan spricht zu seinen Dienern, sie sollen die Spaliern und Kästen alles nehmen und die Stiege hinabwerfen; er hab der Hurn kauft, darum so woll er's ihr wieder nehmen.

Die Diener, die tun nach Geheiß des Patrons und nehmen eine Truhen nach der andern und stellen sich, als wollten sie alles das binden mit Stricken, und kommen auf die Truhe, da der arme Doktor ist gesteckt; der ward vor Schrecken halb tot. Dieselbig Truhen nehmen sie und binden's mit Stricken wohl zu und werfen's die Stiegen hinab und gehen hässlich damit um. Und aufs Letzt legen sie die Truhe in ein Gondelle und führen's die ganze Nacht in der Stadt um, bis der Tag an will fangen, fahren sie vors Doktors Vaters Haus, der war ein Seidenfärber; dort klopften sie heftig an.

Der gut alte Vater erschrickt und kommt herab, fragt, was das bedeut. Zeigen sie an, da wär ein War in dem Kasten, die wär contrebando, die sollte er nehmen und ein ander Mal besser aufheben, sonst würd es übler zugehen.

Der gut Vater erschrak und wollt's in keinem Weg nicht annehmen; denn er wusst nicht, was für ein War im Kasten steckt. Also schleiften sie den Kasten ins Haus und fuhren davon.

Da nun der Vater die Truhen auftat, fand er seinen guten Doktor darin, wes ihm nit viel fehlt, denn er wär tot, ließ ihn hinauf in ein Kammer tragen und sein aufs Beste warten. Da nun der Doktor wieder zu sich kam, zeigt er die Sach an, wie es ihm gangen wär; und er konnt wohl gedenken, es wär ein angelegte Sach; doch durft er nicht sagen, dass er dazu um die hundert Kronen auch kommen war.

Also bekam die Hur das Geld, und blieb der Capitan so gut, wie er zuvor auch war. Wie dem Doktor um sein Herz in der Truhen ist gewest, lass ich ein jedes bei sich selbst erkennen. Doch soll es denen so gehen, die alle Löcher wollen aussuppen.

Verzeichnis der Geschichten

Zusätze späterer Ausgaben

Worterklärungen

Vorsatz	
Scherhaus	Badestube eines Scherers (Wundarztes)
Widmung	
gemein	allgemein
verglichen	vergolten
in actis	Apostelgeschichte 3, 6 (lat. acta apostolorum)
auf Marie das neu Jahr	im Mittelalter begann das neue Jahr an Mariä Verkündigung (25. März)
Vorrede	
schamper	schandbar
stilla, Mutz	still, Miez (Schimpfwort)
Mathei 18	Matthäus 18, 6
1. auflenzen	zaudern
bekam	begegnete
Speiwerk	Spott
gemalter Brief	Bestätigung über den Besuch des Wallfahrtsortes
item	(lat.) zugleich
2. in seinen Colloquiis	»Colloquia familiaria« (1518) des berühmten Humanisten, dort heißt die Geschichte »Naufragium« (Schiffbruch)
Fortun	(lat. fortuna) Schicksal; hier: Unglück
Sankt Jakob	St. Jakob an der Birs bei Basel
Sankt Niklaus Port	Saint-Nicolas-de-Port, Wallfahrtsort in Lothringen
Senis	Siena

	Schiffmann	Jesus (Lk 8, 22–25)
	hohe Kirche	Kathedrale Notre-Dame de Paris
	Compani	Kumpan
	Schandel	Talg- oder Wachslicht, lat. candela
	Unschlitt	Talg
3.	auf ein Zeit	einmal
	reupsen	rülpsen
	Krause	Trinkgeschirr, Bierkrug
	begegnet	zustößt
	Sigrist	Mesner, Kirchendiener
4.	Span	Streit
	Heimsteuer	Aussteuer
	zum dickeren Mal	wiederholt, öfters
	mit Kräutern zugangen	nicht mit rechten Dingen zugegangen
5.	bewähren	beweisen
	verjehen	von ihr behaupten
	lautbrecht	ruchbar
	morndes	am folgenden Tag
6.	Laur	hinterlistiger Mensch, abgefeimter Bursche
7.	Potztaubenast	Fluch (»Potztausend«)
8.	Mathias Apiarius	Matthias Biener, erster Buchdrucker der Stadt Bern (ab 1537)
9.	zum mehreren	beim vorigen
10.	Lässer	jemand, der zur Ader gelassen wird
	neunte Tag	normalerweise waren nur 3–4 Tage Ruhezeit nach einem Aderlass üblich
	Übelzeit	Mühe, Anstrengung
11.	vergebens	umsonst
12.	Trüsche	Aalrutte (Dorschfisch); die Leber galt als Delikatesse
	nienen	nirgends
	verjehen	sagen, verraten
	speien	verspotten
13.	zum dickeren Mal	wiederholt, öfters
	erkechete (erkecken)	fest würde

14.	Kistenfegen	Truhen plündern
	Bulgen	Beutel
	bass	besser
15.	groß Hansen	protzige Menschen
	nasser Vogel	durchtriebener Bursche
16.	Schleck	etwas Gutes
	Netz	Faden, Garn
17.	witzig	vernünftig
	Herren	Rats- bzw. Gerichtsherren
	losen	zuhören
	ausschlitzen	enden
18.	verbrieft	schriftlich verpflichtet
	verzigen	verzichtet
	Ziel	Frist
	leisten	in eine Art Schuldhaft nehmen, z.B. in einem Gasthaus
	Rottweil	das dortige kaiserliche Hofgericht war die höchste Instanz in Rechtsstreitigkeiten
	von Stund an	sofort
	Scherer	Barbier
19.	»Hundzethonier« hat die Bedeutung, nichts zu bedeuten	
	Katzethonier	Halbedelstein (Chalcedon), »Milchstein«
	Paternoster	Rosenkranz (Perlenschnur)
	Rüplingen	»Rüpelhausen«
	abwerfen	Kürschner wurden gemeinhin als »Katzenschinder« verspottet
20.	Barfüßermönch	Franziskaner
	Termenei	Bezirk, innerhalb dessen ein Bettelkloster das Recht hat, Almosen zu sammeln (zu terminieren)
	Mist machen	soviel wie »am besten dort nicht lange bleiben«
21.	das Gasthütlein abziehen	aufhören bescheiden zu sein, seinen wahren Charakter zeigen
	vexieren	quälen

	Vexator	Spötter
	so ferr	unter der Bedingung
	Speivogel	Spaßvogel, Spottvogel
22.	Höll	enger Raum zwischen Ofen und Stubenwand
23.	Centelomen	Edelmann, -leute, ital. gentiluomo, -ini
	Presun	Haft
	o magnifica munsör, misericordia!	O, Herr, Erbarmen!
	hart	fest
	wie er ihm getan hätte	wie er das angestellt hätte
	in kurzen	vor wenigen
24.	ein Loch gewinnen	zu Ende gehen
	garten	sich durchschlagen, herumstreichen (z.B. entlassene Soldaten oder mittellose Handwerksburschen)
25.	ins Bad setzen	gemeinsame Sache machen
26.	Spettlin	Makel, Schandfleck
	lauterische	lutherische
	Observant	Mönch der strengeren Ordensregel (Franziskaner)
	erschießen	helfen, fruchten
27.	Oberland	Schweiz (vgl. Nr. 71)
	sonst überführt wurden	zu viele auf dem Markt waren
	in summa	(lat.) in der Summe; hier: kurzum
28.	Witzigung	Lehre, Warnung
30.	Hadermetz	zänkische Person
	sundere Sau	besondere Rüge
31.	Rosstauscher	Rosstäuscher, Betrüger
	Schelm	verendetes Vieh, Aas, Kadaver, mit Wert nur für den Schinder (Abdecker)
	Unmuß	anderweitige Beschäftigung
	von Stund an	sofort
	Gloch	Gelage
32.	nasser Vogel	durchtriebener Bursche

33. Der Reichsritter Franz von Sickingen (1481–1523) führte ab 1515 zahlreiche Fehden.

	Antdorf	Antwerpen
	sich des Stegreifs ernährten	sich aus dem Steigbügel (Sattel) ernähren, vom Raub leben
	Reisspieß	Reiterspieß
	grinnen	weinten
	Barchent	Mischgewebe aus Leinen und Baumwolle
34.	auf ein Ort	beiseite
	eigenwillisch	hier im Sinne von: evangelisch
35.	Fackin	Lastträger, ital. facchino
	warda!	Vorsicht! (ital. guarda!)
	schonent euer	hütet euch
	Centelam, Centelomen	Edelmann
	Stropacorda	Auspeitschen mit einem Seil, ital. strappata di corda
	Fürsprech	Anwalt, Verteidiger
36.	Redner	Anwalt, Verteidiger
	heischen	fordern
39.	Nestel	Schleife
	Metz	Mädchen, Dirne
	St. Johannstag	24. Juni
40.	Gart	garten (vgl. Nr. 24)
	burgundische Kreuz mit Ästen	Andreaskreuze (Astkreuze)
	auf dem Wald	im Schwarzwald
	Hach	Kerl
	Zelten	Kuchen
	content	(lat. contentus) zufrieden
41.	Ostgoten	Christusbilder, Herrgötter
	Roller	Fuhrmann
	Ürten	Zeche
	Bühell	Buckel
	aushippen	ausschelten
	etc.	und mehr

42.	Marterhans	Flucher, Schwörer
	Gerner	Karner (als Beinhaus genutzte Kapelle)
	Speckkrieg	»Bezeichnung eines Kriegs, worin weniger eigentliche Kriegstaten, als Verheerungen in Speck und dergleichen stattfinden« (Grimmsches Wörterbuch)
	Dant	Tant; hier: Streich, Scherz
	Maurenbrecher	Prahler
	Gänsköpfer	Spottname der Landsknechte
	Artzet	Arzt
43.	Hohl	Höhle
	Sunnenkrone	Goldmünze, Ecu d'or
	mir	wir
	Weinkauf	Trunk oder Schmaus zum Abschluss eines Geschäfts
	verschienen	verstrichen
	niendart	durchaus nicht
	Frevel	Geldstrafe
44.	betreten	antreffen
	geeigt	übereignet
	abspinnen	sein Verhalten ändern
	Handzwehel	Handtuch
	Gautsche	Lotterbett, Ruhebett (neben dem Ofen)
	kiflen	keifen
	fretten	quälen
45.	Plärr	Doppeltsehen (Diplopie)
	Kumpf	Gefäß für den Wetzstein
	Rumor	(lat.) Lärm
	Gesicht	Auge
46.	die Messe las	zweimal an einem Sonntag die Messe zu lesen, war untersagt
	Wich	Vic-sur-Seille, Dép. Moselle
	König machen	Lustbarkeit am Vorabend des Dreikönigsfestes
	weger	besser
	verwegen	aufgeben

	»Der König trinkt«	Trinkspruch
	größlich	sehr
	Schnapphahn	Silbermünze
47.	Zinstag	Dienstag
48.	Kartause	Schopf, Kragen
	gezwagen	gewaschen
	Schnee	die genannte Geschichte ist nicht bekannt
49.	den Judas über den Zaun jagen	die Warnungen des Apostels Judas Thaddäus (vor den lasterhaften Verführungen) in den Wind schlagen
	Zachäus	Lukas 19, 1–10
	finstere Mette	Messe der Karwoche, in der als Ausdruck der Trauer keine Kerzen brannten
	Schlam	Schlemmerei
	bass	besser
50.	verküsen	verüben
	mehr	weiter
	baschgen (bastgen)	bezwingen, im Zaum halten
	erkiesen euch	erwählt euch
	Franzosen	Syphilis (»Franzosenkrankheit«)
51.	Kastenholz	Kastanienholz
	Sermon	Predigt
	nachmalen	danach, später
	Gloch	Gelage
52.	Säutrog/Säuglocke	findet sich bei den Betrunkenen ein, Unzüchtiges zu reden und zu tun
	gezwagen	gewaschen
53.	Wilhelm von München	Herzog Wilhelm IV. von Bayern (1493–1550)
	noch musst die Maus bass getauft werden	es musste noch mehr getrunken werden
	Gant	gerichtliche Versteigerung
	Fuggers Hof	Anwesen der Familie Fugger am Augsburger Weinmarkt
	Herrn	einer der Gebrüder Fugger
	abgeletzt	verabschiedet

54.	die Sache beim Docksten angreifen	großspurig leben
	letzen	(zum Abschied) speisen
55.	Reichenweiler	Riquewihr (Reichenweiher), Dép. Haut-Rhin
	Jörg	Graf Georg von Württemberg-Mömpelgard, Bruder Herzog Ulrichs
	Hunnenweier	Hunawihr (Hunaweier), Dép. Haut-Rhin
	Nachrichter	Scharfrichter; dieser vertrat gewöhnlich den Kläger
	peinlich befragen	unter Folter verhören
	Körpel	ältere Form für Körper (Leiche)
56.	Podagra	Gicht
	Genist	Ziel
	ein Licht anzünden	an der Ampel, die dort hängt (vgl. Nr. 42)
57.	Stallbruder	Kumpan
58.	Fortun	Schicksal (lat. fortuna); hier: Unglück
	Torment	Qual (lat. tormentum); hier: Sturm
	sich verwegen	sich ergeben, aufgeben
59.	Compani	Kumpan
	Volk	Heer
	Zaberner Steig	Vogesenübergang bei Zabern (Col de Saverne)
	schwebenden Läufen	unsicheren Zeiten
	Zentius, Zentz	Kurzform von Vincentius
	Weibel	Gerichtsdiener
	dass er dieser Stadt Zwing und Beinen müßig gang	dass er den Gerichts- und Bannkreis ihrer Stadt meide
60.	Veltelin	Veltliner; Rotwein aus der Lombardei
	Reinfall	Süßwein aus Istrien
	ausgangen	erwischt
	Zähr	Tränen; »Lacrimae Christi« (»Christustränen«) heißt ein Likörwein vom Vesuv
61.	Schlettstadt	Sélestat, Dép. Bas-Rhin
	Ürten	Zeche

	after Tagzeit	Nachmittag
62.	Brauch	Bedarf
	Sankt Martinsnacht	Vorabend des 11. November
	bausen	schlemmen
	Kar	Schüssel
	insonderheit	besonders
	groppen	tasten, greifen
	Blast	Furz
63.	versehen	erhofft
64.	sein Pfennigwert auch reden	seinen Senf dazugeben
	hart	fest
65.	welsch	italienisch
	bericht	kundig
	nienen	nirgends
	von ungeschicht	zufällig
	zwagen	baden
66.	Base	hier: Tante, Muhme
	Median	Herz- oder Mittelader
	ungeschafen	scheußlich
	Gespei	Gespött
67.	auf ein Zeit	einmal
	gächlingen	plötzlich
	Hurst	Hecke
	Hammar	Bucht
	geledigt	gelöst
	Hantierungen	Handwerke
68.	schandlächlen	hohnlächeln
69.	zeuchst	erziehst
70.	Nachgehnder	der zweite
	blößlich	nur so weit
71.	Weesen im Oberland	Weesen/SG, Schweiz
	Kaat	Kot
	zum dickeren Mal	öfters
72.	Grüningen	vermutlich das Städtchen Grüningen im Kanton Zürich, evtl. auch Markgröningen

	verschieden	abgeschieden
	Karrenleisen	tiefe Wagenspuren
73.	Ofen	Buda, Teil von Budapest
	mengen	manchen
	Napels	Neapel
	durchzeucht	zieht durch
75.	gemeinet	geliebt
76.	unschuldige Kinder	ungetauft gestorbene Kinder
77.	Mailänder Schlacht	Schlacht von Marignano 1515
79.	Sankt Jakob	Santiago de Compostela in Galizien
80.	einen Reif ausstecken	eine Straußwirtschaft anzeigen
	von ungeschicht	zufällig
	Speivogel	Spaßvogel, Spottvogel
	holheupt (hohlhippen)	verhöhnt
81.	Krammetsvogel	Wacholderdrossel (Turdus pilaris)
	Kundmann	Kunden
82.	Gartknecht	wandernder Handwerksbursche o. ä.
	Burs	Gesellschaft
	Kollator	Patron
	Heimsteuer	Aussteuer
	Kartause	Schopf, Kragen
	behren	traktieren
83.	fast	sehr
	Konvent	Mönchsgemeinschaft, Klosterbau
	venedisch	vergiftet
	Domine lector	Herr Vorleser; Lesemeister
84.	Eiferer	Eifersüchtiger
	Speikatzen	Spottkatzen
	Dippel	Dummkopf
	Kärch	Karren
85.	hofieren	scheißen
	Anselsheim	Andolsheim, Dép. Haut-Rhin
	Anken	Butter
	gebifft (büffen)	gewürzt, gemischt
	machten sie raumauf	räumten sie auf
86.	Schlamp	Schlemmen

	Täding (Teiding)	Rede
88.	Fasten	Fastenzeit
	Vorsatz	mit Stoff bespannte Sichtblende für das Unterteil eines Fensters
89.	verschmacht	verärgert
	etwo manigen	mehrere
90.	obgemelter	oben genannter
91.	fisierlicher	spaßhafter
	verschienen	verstrichen
	fürbass	in Zukunft
92.	Weinschröter	für den Weintransport zuständiger Knecht
	Speivogel	Spaßvogel, Spottvogel
	Lecker, Bub	Schlingel, Nichtsnutz
93.	Jubeljahr	Ablassjahr, das in der katholischen Kirche seit 1475 alle 25 Jahre gefeiert wurde; hier vermutlich 1525
	Reinfall	vgl. Nr. 60; mit »Tränen« wird wiederum auf »Lacrimae Christi« angespielt
	Alet	Wein mit Alantzusatz
	Lautertrank	mit Wasser angesetzter Tresterwein
	Treher	Tränen
94.	Stegreif	Steigbügel
	Frater	(lat.) Bruder
95.	torechtiger	törichter
	narrecht	närrisch
	Unterschlauf	Unterschlupf
	den Glauben	das Glaubensbekenntnis
	Lentz	Kurzform von Laurentius
	lehrt	lernt
96.	ein Städtlein im Breisgau	gemeint ist vermutlich Burkheim
	Quatember	Bußtage
	ruchen	rauen
97.	vertüig	verschwenderisch, aushausig
	Schlam	Schlemmerei
98.	Kornstock	Kornboden

	Schweiß	Tropf
99.	Kensterlein	Schrank
	Dathen	Fächern
	Kachel	Nachtgeschirr
100.	Karcher	Fuhrleute
101.	entwichtert (entwichten)	verdorben
	Pluderhosen	modische bauschige Kniehosen
102.	zu Basel in der kleinen Stadt	Kleinbasel, rechtsrheinischer Teil Basels
	schwiert	schwillt
103.	Alb	Albe, weißes (lat. albus) Messgewand
	den hinfallenden Siechtagen	Epilepsie
104.	Trummen	Trommel
	im Leich	im Umgang
	etc.	und weiter
105.	Claus Narr	(* vor 1486, Markranstädt, † nach 1530, Weida?), Hofnarr in Torgau, einer der berühmtesten deutschen Hofnarren des 16. Jahrhunderts
	misshandelt	verbrochen
	gehofiert	geschissen
	dareinschliefen	hineinschlüpfen
	Haber	Hafer
106.	Faimingen	Dorf bei Lauingen an der Donau
	erschießen	helfen, fruchten
	fleischen	schleppen
	Füllen	Fohlen
	Sankt Veltin	Sankt Veit; hier: Veitstanz (Chorea minor)
107.	Fatzenettlein	Tücher
	Plapphart	Plappert; groschenähnliche Silbermünze
	zeucht	zieht
	sollt dich der Ritt schitten	sollte dich das Fieber schütteln
108.	das Kindlein wiegen	ein Krippenspiel aufführen

109.	Markgraf Ernst	Ernst I. von Baden-Durlach (1482–1553)
	Cuntz	Kurzform von Konrad
110.	Aug	eine Öffnung im Schneidertisch
	Bresten	Gebrechen
111.	Kordisana	Kurtisane
	Ruffianerin	Kupplerin
	a bona conda	auf alle Fälle (ital. a buon conto)
	Sesterol	mit Speisen gefülltes Geschenkkörbchen (ital. cesterella)
	contrebando	Schmuggelware
	wes ihm	dem